미세 상자 堪忍箱

옮긴이 이규원

한국외국어대학교에서 일본어를 전공했다. 문학, 인문, 역사, 과학 등 여러 분야의 책을 기획하고 번역했으며 현재 전문 번역가로 활동중이다. 옮긴 책으로 미야베 미유키의 『이유』, 『얼간이』, 『하루살이』, 『미인』, 『진상』, 『피리술사』, 『괴수전』, 『신이 없는 달』, 덴도 아라타의 『가족 사냥』, 마쓰모토 세이초의 『마쓰모토 세이초 걸작 단편 컬렉션』, 『10만 분의 1의 우연』, 『범죄자의 탄생』, 『현란한 유리』, 우부카타 도우의 『천지명찰』, 구마가이 다쓰야의 『어느 포수 이야기』, 모리 히로시의 『작가의 수지』, 하세 사토시의 『당신을 위한 소설』, 가지야마 도시유키의 『고서 수집가의 기이한 책 이야기』, 도바시 아키히로의 『굴하지 말고 달려라』, 사이조 나카의 『오늘은 뭘 만들까 과자점』, 『마음을 조종하는 고양이』, 하타케나카 메구미의 『요괴를 빌려드립니다』, 아사이 마카테의 『야채에 미쳐서』, 『연가』, 미나미 교코의 『사일런트 브레스』 등이 있다.

KANNIN-BAKO
by MIYABE Miyuki
Copyright © 1996 MIYABE Miyuki
All rights reserved.
Originally published in Japan.
Korean translation rights arranged with RACCOON AGENCY INC., Japan
through THE SAKAI AGENCY and JM CONTENTS AGENCY.

이 책의 한국어판 저작권은 RACCOON AGENCY INC.,
THE SAKAI AGENCY와 JMCA를 통한
MIYABE Miyuki와의 독점계약으로 도서출판 북스피어에 있습니다.
저작권법에 의해 한국 내에서 보호를 받는 저작물이므로 무단전재와 무단복제를 금합니다.

미야베 월드 제2막

埋忍箱

宮部みゆき

미에상자

堆忍箱

미야베 미유키 지음 | 이규원 옮김

북스피어

인내상자　　　007

유괴　　　039

도피　　　071

십육야 해골　　　097

무덤까지　　　125

음모　　　151

저울　　　177

스나무라 간척지　　　205

편집자 후기　　　233

일러두기

＊작게 표시된 본문의 주는 옮긴이 주입니다.

＊괄호로 표시된 주는 원저자의 주입니다.

내자
인상

혼조 에코인 옆, 흔히 '절 뒷길'이라 불리는 곳에 있는 과자점 오미야에 불이 난 것은 섣달도 중순에 접어들어 차디찬 북풍이 휘몰아치던 한밤중이다.1657년 대형 화재로 사망한 10만 8천 명의 집단 장례를 위해 건립된 정토종 사원이 에코인回向院이다. 그 후 대지진으로 사망한 사람 등 무연고 망자들을 매장하는 곳이 되고, 스모 선수, 사망한 태아나 신생아, 반려동물, 가축을 공양하는 곳으로도 알려져 유명한 참배지가 되었다. 식구들과 점원들이 잠자리에 든 지 오래인데 불단속을 단단히 해 두었을 부엌에서 갑자기 불길이 시작된 것이다. 불은 부엌을 태우고 천장으로 옮겨 붙어, 반질반질한 떡갈나무 마룻널 복도에 연기가 자욱해지도록 아무도 알아채지 못한 탓에 커다란 재난이 되고 말았다.

오미야 주인 세이베에의 외동 손녀이며 해가 바뀌면 14살이 되는 오코마는 부엌에서 멀리 있는 본채 남쪽의 멋진 정원에 면한 방에서 어머니 오쓰타와 베개를 나란히 하고 잠들어 있었다. 온 집을 다 태울 기세로 타오르는 불길과 연기도 오코마의 꿈속에까지 번지지는 못하여 그녀의 잠은 깊고 평화로웠다.

먼저 눈을 뜬 것은 어머니 오쓰타였다. 잠결에 멀리서 쇠붙이 때리는 소리를 들었던 것이다. 그녀는 화들짝 놀라 일어나 앉았다. 방 안은 쥐죽은 듯 조용하고 싸늘한 밤공기만 가득한 것이 아무 일도 없는 듯했다. 하지만 큰 도매상을 너끈히 감당할 수 있는 안주인으로 단련되어 온 그녀의 감은 이 야밤에 심상치 않은 사태가 일어나고 있음을 고하고 있었다. 오쓰타는 이부자리에서 일어나 복도와 방을 가르는 장지를 열었다. 그러자 복도에는 선녀가 살며시 소맷자락이라도 펄럭인 양 희미한 흰 연기가 얇은 띠처럼 감돌고 있었다.

오쓰타는 크게 소리치려고 했다. 하지만 그 외침보다 먼저 부엌 쪽에서 오시마의 비명소리가 들려왔다. 하녀장은 기겁한 목소리로 계속 외쳐서 온 집 안에 화재를 알렸다.

과자점 오미야는 그리 큰 건물이 아니다. 창고를 제외하면 점포와 살림집을 합쳐도 방은 열 칸이 안 된다. 부엌에서 뿜어져 나와 혀를 날름거리며 복도와 고용인 방으로 뻗어가는 불길의 새빨간 색깔이 복도를 뛰어가는 오쓰타의 시야로 날아들었다.

"오시마, 오시마, 위험해!"

"마님, 이리 오시면 안 돼요!"

물통을 들고 화염과 싸우는 지배인 하치스케의 옆모습이 연기와 열기 속에서 얼핏 보였다. 불티가 얼굴로 쏟아져 내렸다. 오쓰타는 잠옷 소매로 얼굴을 가리며 어떻게든 오시마 들을 도우려고 했지만 연기에 기침이 터져서 접근하기도 쉽지 않았다.

―틀렸어. 끌 수 있는 불이 아니야.

그렇게 판단한 오쓰타는 몸을 돌려 복도를 달려서 방으로 돌아왔다. 방에 들어와 보니 오코마가 담요 위에 무릎으로 일어선 채 잠옷 앞섶을 꼭 쥐고 눈을 휘둥그레 뜨고 있었다.

"엄마―."

"일어나. 불길이 번지고 있어. 피해야 해."

오쓰타는 오코마에게 달려들어 이불 위에 펴 놓았던 솜을 두툼하게 둔 한텐을 입혔다.

"복도는 이미 위험하니까 뜰로 나가. 뜰을 돌아서 할아버지 방 툇마루로 올라가 할아버지를 깨워라. 할아버지와 함께 남쪽 복도를 지나 점포를 통해 밖으로 피해. 알았어?"

당주 세이베에는 65세, 가게 일이라면 여전히 척척 해 내지만 가는귀가 먹었다. 아직 깨어나지 않았을 것이다. 다행히 세이베에의 방은 부엌에서 제일 먼 남쪽 끝에 있다. 오코마와 함께 대피하면 걱정할 일 없을 것이다.

"엄마는?" 오코마가 어머니의 소매를 잡았다. "같이 가요."

"나도 곧 나갈게." 오쓰타는 오코마의 손을 잡고 미소를 보여 주었다. "몇 가지 챙겨 갈 게 있어. 금방이면 돼. 어서 피해."

절 뒷길 초입에 있는 방화망루로 짐작되는 곳에서 비상종이 빠르게 난타되었다에도 시중에 화재가 일어나면 동네마다 설치된 망루에서 비상종을 쳐서 주위에 알렸는데, 화재 현장이 멀면 종을 느리게 치고 가까우면 급하게 쳤다. 오쓰타는 널문을 열고 오코마의 작은 등을 뜰로 밀어 주었다.

"자, 어서 가, 어서!"

오코마는 맨발로 뜰에 내려섰다. 섬돌 위에서 나막신을 신으려는데, 낮이나 밤이나 어둠침침한 곳이고 바람 부는 추운 밤인데도 보름달이 뜬 것처럼 뜰이 환하여 나막신이 똑똑히 보였다. 돌아다보니 2층 북쪽 살창에서 불길이 토해져 나오고 있었다. 밤하늘을 향해 활활 타오르는 불길은 의기양양하게 빨간 손가락을 활짝 펴고 있다.

비상종은 깨질 듯이 요란하고 뜰을 두른 편백널 담장 밖에서는 근처 주민들의 웅성거리는 소리도 들린다. 오코마는 뜰을 달려가 할아버지 방 툇마루로 올라갔다.

"할아버지, 문 여세요!"

양손으로 덧문을 힘껏 때리며 큰소리로 부르자 바로 덧문이 열렸다. 덧문을 연 사람은 이 집에 기숙하는 하녀 오슈였다. 세이베에를 구하러 온 듯하다태풍이 잦은 일본에서는 뜰로 통하는 문이나 창문에 셔터 역할을 하는 덧문을 설치했다. 탈착이 가능한 미닫이식 덧문은 안쪽에서만 열 수 있는 구조였으므로 방범에 유용하며, 환자를 옮길 때는 들것으로도 쓰였다.

"아씨, 아, 다행이다. 빨리 여기로!"

오슈의 목소리에 방 안에 있던 세이베에가 뒤를 돌아다보았다.

도코노마 옆 선반에 있는 함에서 문서철과 끈으로 묶인 작은 상자를 꺼내어 껴안고 있었다.

"오코마, 빨리 피해라. 엄마는 어딨니?"

"짐 몇 가지를 챙겨서 금방 피하신대요."

"이 판국에 무슨 짐을……." 당신도 양손에 문서철 따위를 껴안고 있으면서 세이베에는 화난 듯이 짧게 일갈했다. "그냥 두고 피할 것이지."

"제가 보고 올게요."

오슈가 복도를 뛰어가려다가, 어머, 연기가, 하고 외쳤다.

"주인님, 아씨, 점포 쪽으로 가세요! 빨리 피하지 않으면 여기 복도에도 연기가 꽉 차겠어요!"

오슈가 콜록거리며 연기 속을 헤엄치듯 오쓰타와 오코마의 방으로 물러갔다. 오코마를 급히 뜰로 내보낸 오쓰타의 판단은 옳은 듯했다.

"오쓰타……." 복도에 들어차는 짙은 연기의 막을 망연자실 바라보며 세이베에가 힘없이 말했다. "오쓰타는……."

그리고는 흠칫 몸을 떨었다.

"안돼, 인내상자_{원문은 '간난바코'}가!"

오코마는 그 말을 제대로 알아듣지 못했다. 인내— 뭐라고?

"할아버지, 뭔데요, 그게?"

세이베에는 허리를 숙여 오코마와 눈을 맞추고 양쪽에 껴안은 서류철 따위를—낡은 장부의 사본 같았다—건네주었다.

"이걸 들고 피해라. 점포 쪽으로—."

그때 뜰에서 더욱 커다란 목소리가 들리더니 편백널 담장에 우지끈 금이 갔다. 도끼로 때려 부수고 있는 것이다. 한편 사다리를 세우고 담을 넘는 소방대원도 있었다.

"아, 살았다. 어이, 어이!" 세이베에가 큰소리로 소방대원을 부른 뒤 오코마를 안아 올리고 그들을 향해 오코마를 손가락으로 가리켜 보였다.

"이 아이를 부탁해!"

할아버지는 그 말을 남기고 연기로 꽉 찬 복도로 사라졌다. 이제 오코마의 매끈한 볼에도 열기가 뚜렷이 느껴질 정도였다. 빠직빠직, 우지끈, 하며 건물 전체가 비명을 지르기 시작했다.

"이쪽이야! 이쪽으로 와!"

한 소방대원에게 채이듯이 안긴 오코마는 대원들의 팔에서 팔로 전달되어 부서진 담장 틈새를 통해 밖으로 옮겨졌다. 세이베에가 맡긴 물건을 가녀린 팔로 꼭 안고서 매운 연기에 눈물을 흘리며 큰소리로 외치고 또 외쳤다.

"엄마! 할아버지!"

오미야를 홀랑 태우는 불길은 오코마가 바들바들 떨며 지켜보는 가운데 도조창고의 하얀 회벽을 넘고 부서진 편백널 담을 넘어 근처 주택으로 번져갔다 '도조土蔵'는 일본의 전통적 건축양식 가운데 하나로, 주로 창고에 적용되며 부의 상징처럼 여겨졌다. 두터운 흙벽에 회칠로 마감하므로 화재와 습기에 강하고 견고하며, 창을 높은 위치에 작게 내어 보안에도 유리하다. 낯선 누군가가 손을 잡아 주자 오코마는 그 손에 매달렸다.

오슈가 연기를 휘감은 채 아슬아슬하게 도망쳐 나왔다. 이어 검댕으로 얼굴이 시커메진 점원 몇 명이 화상의 고통과 공포에 울부짖으며 구조되어 나왔다. 그들 가운데 고참 데다이 마쓰타로가 외쳤다*에도 시대 상점의 인력은 '주인-지배인-데다이-사환'으로 구성되었다. 10세 전후에 사환으로 들어가 잔심부름을 하며 장사를 배우고, 관례를 치르는 17~18세에 데다이로 승진하여 본격적인 실무를 담당하며 비로소 급료를 받았다. 흔히 데다이를 요즘의 계장, 과장으로, 사환을 신입사원으로 비유하곤 한다.

"주인님과 마님이 아직 못 나왔어!"

순간 그 외침을 비웃기라도 하듯 오미야의 기와 지붕이 와르르 무너져 내리기 시작하고 불길을 덮칠 듯 건물이 크게 기울었다. 소방대 사다리 하나가 그 탄력에 튕겨나가는 바람에 누군가 추락하며 비명을 질렀다.

"엄마…… 할아버지…….'

매운 연기 탓인지 무서운 예감 탓인지 오코마는 눈물을 멈추지 못했다. 그 젖은 눈에 기울어진 지붕과 기둥 틈새로 기어나오는 오시마가 보였다. 화재 현장을 멀찍이서 지켜보던 사람들이 환성을 지르며 도우려고 달려들었다.

오시마는 혼자가 아니었다. 정신을 잃고 고개를 푹 떨군 오쓰타를 부축하고 있었다.

"마님을 부탁해요."

머리카락이 타고 화상으로 얼굴이 새빨간데도 오시마는 사람들에게 오쓰타를 구해 달라고 다부지게 부탁했다. 오쓰타의 머리 어디에선가 피가 나고 있었고 다리를 다쳤는지 양 무릎이 맥없이 꺾여 있었다.

"엄마!"

오코마가 외치며 달려갔지만 오쓰타는 의식이 없었다. 덧문에 눕혀진 그 얼굴은 불길의 힘을 받아 더욱 거칠게 불어대는 북풍을 타고 뿔뿔이 날아오는 재보다 더 하얗다.

그런 처지에도 오쓰타는 두 팔로 뭔가를 꼭 안고 있었다. 누가 팔을 풀려고 해도 소용이 없었다.

"뭘 품고 계신 거지?"

오코마는 엄마가 눕혀진 덧문 옆에서 사람들의 소란한 목소리와 어지럽게 움직이는 사람들의 팔과 몸뚱이 틈새로 어머니가 꼭 안고 있는 물건을 살펴보았다.

보자기로 단단히 싼 그것은 아마도 상자—까만 옻칠을 한 문서궤 같았다.

—상자가!

그렇게 외치며 대피도 잊고 불길 속으로 돌아간 할아버지의 얼굴이 얼핏 떠올랐다. 혹시 저것이— 그래, '인내상자'라고 했던 것 같은데.

—할아버지는?

한참을 기다려도 세이베에는 불길에서 도망쳐 나오지 않았다. 아무리 기다려도 모습을 드러내지 않았다.

결국에는 구조되어 나오지 못했다.

화재로 터전을 잃은 오미야 식솔들은 일단 네기시의 별장으로 거처를 옮겼다에도는 대형 화재가 잦아서 다이묘나 하타모토와 같은 고위 무사, 그리고 부유한 조닌은 외곽에 별장을 두어 비상시에 대비했다. 특히 좁은 상가에 밀집하여 생활해야 했던 조닌은 한가로운 외곽에 별장을 두고 당주가 은퇴하면 그곳에 기거하며 은퇴 생활을 즐기곤 했다. 지금의 도쿄 우에노 북쪽 니포리 근방에 해당하는 네기시 일대는 한적한 농촌 지역으로, 풍류를 즐기는 부유한 조닌의 별장이 많았다. 별장이라고 하지만 오미야의 재력에 걸맞게 그리 큰 저택은 아니어서, 고용인들은 가게가 재건될 때까지 가족이나 적당한 곳에 신세를 지기로 했고, 별장으로 옮긴 것은 여자들뿐이었다.

하녀장 오시마는 팔다리에 심한 화상을 입었지만 별장 하인 규지로의 도움을 받아 오쓰타를 간병하고 오코마를 보살폈다. 오시마는 오쓰타와 한방에서 자며 잠시도 곁을 떠나지 않았고 다른 사람들이 함부로 드나들지 못하게 했다.

오쓰타는 화재가 일어난 밤 이래 깨어나지 못하고 있었다. 의원이 안쓰러워하는 표정으로 고한 바에 따르면 연기를 너무 많이 마신데다 쓰러지는 기둥에 머리를 부딪혀 심한 상처를 입었기 때문이라고.

화상과 다리 부상은 시간이 지나면 나아지겠지만, 언제쯤 깨어날지는 전혀 예상할 수 없다고 한다.

"곁에서 자꾸 말을 걸어 드리는 게 좋아. 눈을 감고 있어도 다

듣고 있을지 모르니까."

의원이 권하는 대로 오코마는 자주 어머니 곁에 앉아 이런저런 이야기를 들려주었다. 파리하게 여윈 오쓰타는 이불을 턱까지 올려 덮은 채 늘 눈을 감은 조용한 얼굴로 잠들어 있었다.

오코마는 끈기 있게 어머니에게 말을 건넸다. 오늘은 아침에 산토끼를 보았다는 둥 규지로가 경단을 사 주었다는 둥 네기시는 혼조보다 추운 것 같다는 둥.

하지만 오코마의 이야기는 늘 울음소리로 변하고 말았다. 울음 섞인 목소리로 어머니에게 이야기를 들려주면 곁에서 오시마가 오코마의 등을 쓸며 위로해 주지만, 그러는 오시마도 눈물을 짓곤 했다.

오미야에서 시작된 불은 뜻밖의 대형 화재로 번져 20여 명이나 죽었다. 행방을 알 수 없는 세이베에의 안부는 여전히 확인하지 못하고 있었다. 오코마를 비롯한 식솔들은 세이베에가 어쩌면 살아 있을지도 모른다는 희망을 버리지 않았지만, 화재로부터 엿새 후 지배인 하치스케가 누가 봐도 남의 옷인 줄 알 수 있을 만큼 소매가 짤막한 옷을 입고 별장에 찾아와 어제 기와더미 밑에서 주인으로 짐작되는 사체를 발견했다고 고하면서 그 희망도 사라지고 말았다.

세이베에는 죽고 오쓰타도 그런 지경이니 오미야도 끝난 거다, 어쩌면 좋으냐고 하치스케가 근심을 넘어 어디가 아픈 사람처럼 낯을 찡그리며 한숨을 지었다.

"지배인이란 사람이 그런 맥없는 소리를 하면 어떡하자는 거예요" 하고 오시마가 답답하다는 듯이 소리쳤다.

오시마, 하치스케, 오코마 세 사람은 오쓰타가 누워 있는 베갯맡에서 화로를 가운데 두고 둘러앉아 있었다. 밖에는 눈이 내리고 있어서 아무 소리도 들려오지 않았다.

"하지만……."

"하치스케 씨가 앞장서서 가게를 다시 일으켜야죠. 마님도 언젠가는 깨어나셔요. 틀림없이 깨어나셔요."

"나 혼자서는 짐이 너무 무거워. 역시 요도바시 쪽에 부탁하는 게……."

오우메 가도신주쿠에서 야마나시 현 오우메 시에 이르는 도로에 있는 요도바시에 오미야의 친척이 하는 과자점이 있다. 당주는 고 세이베에의 사촌뻘이다. 자식 복이 있어 아들이 셋이나 되므로 부탁하기만 하면 도움의 손길을 내밀어 줄지 모른다.

하지만 오시마가 단호하게 반대했다.

"그랬다가는 결국 가로채이고 말아요. 지배인님도 요도바시 주인이 얼마나 매정한 사람인지 잘 아실 텐데."

오시마는 오코마를 끌어당기며 미소를 지어 보였다.

"우리에게는 아씨가 계셔요. 다행히 우리는 술 도매상이나 어물전처럼 남자 당주가 필요한 가게도 아니잖아요. 오미야는 과자 가게예요. 아씨도 이제 사오 년만 지나면 오미야 간판을 너끈히 짊어질 수 있어요. 지배인님만 제대로 일해 주면요."

오미야는 마른과자와 물엿을 취급하는 과자도매상이다. 특히 금박을 띠운 '긴시라쿠'라는 물엿은 보기에도 고급스럽거니와 불로장수에 좋다고 해서 인기가 많다. 이 긴시라쿠는 본래 교호 1716~1736 초기에 엿장수 행상으로 시작해서 과자도매상을 일으킨 오미야 창업자 젠타로가 처음 만들어 팔았던 간판상품이다. 교호 연간이라면 매사 검약과 긴축을 강요하던 시절이라 금박 띠운 물엿은 분수에 넘치는 사치품이라고 해서 제일 먼저 단속을 당해, 젠타로도 데구사리8자형 금속 수갑을 양 손목에 채운 채 자택에서 근신케 하는 형 50일이라는 중형을 받은 바 있다. 그래도 젠타로는 굴하지 않고 관리의 눈을 속여 긴시라쿠를 계속 팔아서 오늘날의 오미야를 일군 기반을 만들었다.

"이만한 일로 기가 죽으면 무슨 낯으로 조상님을 뵙느냐고 주인님이 저승에서 한탄하실 거예요. 기운 내요, 지배인님."

하치스케는 심약하게 눈썹을 떨어뜨렸다. "그건 잘 알지만."

"좀 열심히 뛰어 주세요!"

"아아, 젊은 주인님만 살아 계셨어도."

세이베에의 외아들이며 오쓰타의 남편이자 오코마의 아버지인 오미야 히코이치로는 재작년 늦여름에 갑자기 병사했다. 아랫배가 너무 아프다며 자꾸 토하더니 일각도 지나기 전에 숨져 버린 기이한 죽음이었다. 아무래도 술안주로 먹은 멸치가 식중독을 일으킨 듯하다는 결론이 나긴 했지만, 그가 죽은 뒤로 오미야에는 한동안 불길한 먹구름이 걷히지 않았다.

다행히 가게는 세이베에와 오쓰타가 애쓴 보람이 있어 히코이치로의 사망으로 인한 타격을 최소한으로 막을 수 있었다. 아니, 막은 정도가 아니라 동료 상인들이나 친척들 사이에서는 고생 모르고 자란 히코이치로보다 작은 과자 가게에서 태어나 오미야에 하녀로 들어가 세이베에에게 성실함을 인정받아 며느리가 된 오쓰타가 장사 수완은 더 낫다는 평판이 날 지경이었다. 실제로 세이베에와 오쓰타는 사이가 원만했고, 그녀가 하녀로 일할 때부터 세이베에는 지혜로운 오쓰타를 총애했다. 며느리로 들인 직후에는 당시 살아 있던 세이베에의 처, 즉 오미야의 안주인이 시샘을 해서 큰일이라는 소문이 날 정도였다.

"그야 젊은 주인나리는 애석하게 되셨지만 이제 와서 그런 소리 해 봐야 무슨 소용입니까" 하고 오시마는 여전히 다부지게 말했다. 그때 옆에 있던 오코마가 기억을 떠올렸다.

—그러고 보니 아버지도.

아버지의 급사는 오코마에게 고통스러운 일이었지만, 늘 장사하느라 바쁜데다가 말수 적고 조용한 아버지와는 이렇다 할 추억이 없었다. 아버지가 목말을 태워 주었다거나 저녁에 노점에 데려갔다거나 하는 기억이 전혀 없다.

그래도 이번 화재와 아버지와의 빈약한 추억에 공통되는 무엇이 있음을 오코마는 문득 깨달았다.

—인내상자.

아버지가 숨지기 직전이었다. 당장이라도 비가 쏟아질 듯한 무더운 날, 오코마는 밖에 나가지 못하고 복도에서 공을 굴리며 놀고 있었다. 데굴데굴 구르는 공을 쫓아 불단 앞으로 갔는데 열려 있던 장지 사이로 아버지가 중얼거리는 목소리가 들렸다.

—참자, 참자원문은 '간닌, 간닌'. '간닌'은 '참고 견딤'과 '화를 참고 용서함'이라는 두 가지 뜻을 가지고 있다.

그렇게 말하고 있었다.

오코마는 살짝 방 안을 들여다보았다. 불단 앞에 정좌한 히코이치로는 무릎 위에 작고 검은 상자를 올려놓고 "참자, 참자" 하고 중얼거리며 내려다보고 있었다.

상자 뚜껑은 열려 있지 않았다. 아주 작은 문서궤 같은 상자였다. 아무리 기억을 더듬어 봐도 그 상자는 불이 나던 밤에 어머니가 꼭 안고 있던 상자와 닮은 것 같았다. 더구나 '참는다'는 말도 똑같다.

오코마는 고개를 들고 오시마와 하치스케를 번갈아 쳐다보며 인내상자 이야기를 해 보았다.

"엄마가 귀하게 안고 있던 그 상자, 그게 인내상자예요? 인내상자라는 게 대체 뭐죠?"

하치스케가 놀라서 눈을 휘둥그레 떴다. 오시마는 입술이 일그러지도록 입을 꾹 다물었다. 화났나? 하고 오코마는 생각했다. 하지만 흠칫거리던 하치스케가 말을 꺼내려고 할 때 오시마가 먼저 낮은 목소리로 차분하게 이야기를 시작했다.

"어차피 아씨에게 다 말씀드려야 할 일이었어요. 마님도 허락해 주실 겁니다"라며 따뜻한 눈길로 오쓰타의 잠든 얼굴을 쳐다보았다.

"인내상자는 우리 가게를 일으킨 젠타로 어르신 시절부터 오미야에 전해져 내려온 상자입니다."

"엄마가 안고 있던 그 상자가?"

"그래요. 인내상자를 잘 간수해서 후대 당주에게 물려주는 것이 오미야 당주의 임무입니다. 해서 이 이야기는 오미야에서도 몇 사람만 아는 일입니다. 아씨도 점원들에게 함부로 말씀하시면 안 됩니다."

대대로 물려 내려오는 귀한 것— 그래서 어머니도 할아버지도 감히 불길 속으로 돌아갔던 것인가.

"안에 뭐가 들었는데요?"

오시마는 고개를 묵직하게 천천히 저었다.

"모릅니다. 애초에 저 같은 게 알 수 있는 일도 아니지만 마님과 주인님도 모르실 겁니다."

"열어 보면 안 되는 겁니다" 하고 하치스케가 말했다. "그래서 인내상자입니다."

"지키기 힘든 참기, 그래도 참기" 하고 오시마는 말했다. "열어 보고 싶은 마음을 꾹 참으며 뚜껑을 열지 않는다. 그런 뜻입니다."

"하지만, 그렇다면 왜 그렇게 귀하게 여겨야 하죠?"

"인내상자 뚜껑을 열면 오미야에 재앙이 내린다는 말이 있어섭니다."

"그 상자는 지금 어디 있죠?"

"오시마가 맡아 두었습니다. 조만간 아씨께도 보여 드릴 겁니다. 아씨가 당주가 되시면 직접 보관하셔야 하니까요."

"음……. 어렵네요."

그렇게 중얼거리는 오코마에게 하치스케가 달래듯이 말했다. "인내상자에는 젠타로 어르신이 상인의 마음가짐에 대하여 쓰신 글이 들어 있다는 소문이 있습니다."

"지배인님—." 오시마의 얼굴이 날카로워졌다.

"뭐 어때, 해가 되는 얘기도 아니고." 하치스케가 오코마 쪽으로 몸을 기울이며 말했다. "상점의 규칙은 당주가 솔선해서 지켜야 한다는 구절도 있다고 합니다. 그러니까 열어 보면 안 된다는 규칙을 지킬 수 없다면 오미야 당주 자격이 없다는 거겠죠."

오코마의 머릿속에 저 무더운 여름날 인내상자를 무릎에 올려놓고 있던 아버지 모습이 떠올랐다. "참자, 참자" 하고 중얼거리던—.

—열어 보면 안 돼, 참아야 해, 하며 스스로 타이르고 있던 것일까?

하지만 그렇게 버틴 보람도 없이 속을 확인해 보고 싶은 욕구를 못 이기고 아버지는 뚜껑을 열고 말았을까? 그 탓에 그렇게 급사한 것일까?

—뚜껑을 열면 재앙이 내린다.

오코마는 등줄기가 서늘해지는 것을 느꼈다. 위로를 찾아 어머니 얼굴을 들여다보지만 오쓰타는 내내 잠들어 있을 뿐이다.

그날부터 인내상자의 환영이 오코마의 꿈에까지 나타나게 되었다. 꿈에서 오코마는 불단 앞에 앉아 무릎에 인내상자를 올려놓고 있다. 당장이라도 뚜껑을 열 기세다. 그때 아버지 히코이치로의 간절한 목소리가 들려온다.

─오코마, 열어 보면 안 돼. 그걸 열면 이 아버지처럼 지옥에 떨어진다. 절대로 열어 보지 마.

추운 겨울밤 오코마는 식은땀에 젖어 잠에서 깨어나곤 했다.

하지만 오미야를 재건하기 위해 열심히 뛰어다니고 있는 줄 알았던 하치스케가 혼조 절 뒷길의 마치관리인^{평민 거주구 '마치'를 운영하는 관리자로 그 지역 유지가 돌아가면서 맡으며 신분은 평민}과 함께 차갑게 굳은 표정으로 별장을 찾아와 오코마 등에게 더욱 무서운 사실을 전한 것은 그로부터 며칠 뒤였다.

오미야의 화재는 방화가 의심된다는 것이었다.

"관에서 우리 식구들을 의심하는 것 같아. 특히 하녀들을."

마치관리인이 저간의 상황을 설명하고 이목을 부담스러워하는 표정으로 조용히 돌아가자 하치스케는 주름투성이 이마의 식은땀을 훔치며 그렇게 말했다.

"사망자가 여럿 나온 화재잖아. 만약 그 의심이 사실이라면 불을 지른 자뿐만 아니라 오미야도 무사히 넘어갈 수 없어. 재산을 몰수당하고―."

"어허, 그만해요, 지배인님!" 오시마가 끼어들었다. "왜 그런 군걱정을 해요. 우리 식솔이 범인이라는 확실한 증거가 나온 것도 아닌데."

오미야에는 기숙하며 일하는 하녀만 네 명이나 된다. 네 사람 모두 현재 별장에서 지내고 있다. 오시마가 최고참이고 그 바로 아래가 부엌을 담당하는 오타쓰. 다시 그 밑으로 오슈와 오리쿠라는 두 처녀가 있다. 두 사람은 청소나 물 긷기 같은 허드렛일을 한다.

"게다가 우리 하녀들은 모두 이 가게를 내 집으로 여깁니다. 내가 보증해요."

오시마는 선대 안주인이 히코이치로를 낳을 때 아기 보는 하녀로 들어왔으므로 가장 오래된 고참이다. 오타쓰는 그다음으로 오래된 하녀로, 이제 곧 15년차가 된다. 오슈도 5년 이상 일해 왔다. 제일 어리고 일한 기간이 짧은 오리쿠도 올해로 만 3년이 된다.

"다들 성실하고 지금도 가게가 다시 문을 열 때까지 조금이라도 살림에 보탬이 되려고 이 동네에서 품삯 받고 밭일을 다니고 있어요. 그런데도 의심을 사면 불쌍하잖아요."

"그건 그렇지만―," 하치스케는 말끝을 흐렸다. "불이 시작된 곳이 부엌이잖아. 게다가 방화범은 대개 여자라고 하더군."

"그런 맹랑한 얘기가 어디 있어요."

하치스케는 고개를 설레설레 저었다. "물론 말도 안 되는 얘기지. 홀랑 타 버려서 증거고 뭐고 남아 있지 않으니 앞으로 한동안 오캇피키 수하들이 이 별장을 감시할 것이고, 거동이 수상한 자는 파수막^{평민 거주구 '마치'의 자치를 위한 사무소. 요즘의 파출소 겸 마을회관에 해당한}다으로 끌고 가겠다 하더라고."

오시마가 얼굴을 잔뜩 찡그렸다. "마님이 들으시면 얼마나 탄식하실까."

오코마는 오늘도 두 사람 사이에 앉아 있었다. 아직 어리고 안쓰럽지만 가게의 앞날에 관련된 이야기라면 아씨도 알고 있어야 한다고 오시마가 주장했기 때문이다.

"감시하려면 얼마든지 감시하라고 그래요. 아무것도 안 나올 테니까."

하치스케가 씩씩거리는 오시마에게서 도망치듯이 돌아가자 오시마가 오코마를 향해 돌아앉았다.

"자꾸 언짢은 얘기만 나오네요, 아씨."

오코마는 가만히 고개를 끄덕였다. 담요 밑으로 손을 집어넣어 어머니 손을 꼭 쥐었다. 뼈가 불거지고 까슬까슬하게 메말랐지만 따뜻하다. 그래서 조금은 위안을 얻었다.

"지배인처럼 요란을 피워도 안 되겠지만, 방화를 의심한다면 오캇피키가 집요하게 이 별장을 감시할 겁니다. 앞으로 무슨 일이 일어날지 몰라요. 제가 방화 혐의로 끌려갈 수도 있고요."

"오시마……."

"그렇게 겁먹은 얼굴 하지 마세요. 아씨는 이제 형식상으로는 오미야의 당주이고 어엿한 후계자시니까."

오시마는 얼른 무릎을 밀어 오코마에게 다가가 귀엣말을 했다.

"무슨 일이 생겨서 제가 이 별장을 떠날지도 모릅니다. 그러니까 요전에 말씀드린 인내상자를 아씨에게 맡겨야 할 것 같아요."

오코마는 놀라서 숨을 삼켰지만 오시마는 오코마의 얼굴을 가만히 들여다보며 고개를 끄덕였다.

"아셨죠? 제가 드릴 테니까 꼭 귀하게 간수하세요."

"나는 도저히……."

"힘들 것 없어요. 돌아가신 주인님도 선대께서 병치레가 잦아 열다섯 살 때 인내상자를 물려받았다고 하셨어요. 아씨와 한 살밖에 차이 나지 않잖아요."

그렇게 말하고 오시마는 조용히 일어나 오쓰타가 잠든 머리 위쪽의 벽장을 열고 상체를 집어넣어 궤와 이불 사이를 부스럭거리며 뒤지다가 마침내 상체를 빼냈다. 그 손에 아주 새 것으로 보이는 지리멘 비단보자기로 싼 작고 네모난 문서궤 같은 것이 들려 있었다. 보자기 틈새로 보이는 상자는 까만색이었다. 옻칠이 되어 있다.

─그날 밤 내가 보았던 그 상자다.

숨을 삼키고 가슴을 손바닥으로 누른 채 지켜보는 오코마 앞에서 오시마는 보자기를 조심스레 풀고 상자를 양손으로 받들어 올리며 눈을 감고 고개를 숙였다.

"오미야의 가보입니다."

눈앞에 내밀어진 상자로 금방 손을 뻗을 수 없었다. 가만히 보니 상자는 모서리 옻칠이 벗겨져 있어 아주 오래된 것처럼 보였다. 측면에는 무늬 없이 검은 옻칠만 되어 있지만 뚜껑 윗면에는 가느다란 나전 세공으로 하얀 꽃이 그려져 있었다. 목련꽃이었다.

목련은 애도의 꽃이다. 오코마는 오싹해져 팔에 소름이 돋는 것을 느꼈다. 뚜껑을 열면 재앙이 내린다. 격한 고통 속에서 이불 자락을 꼭 쥔 채 신음하며 죽어 간 아버지 모습이 되살아났다.

"조상 대대로 내려온 겁니다, 아씨." 오시마가 엄숙한 목소리로 말했다. "받을 수 없다고 하시면 안 됩니다. 어머님께서 얼마나 슬퍼하시겠어요."

오쓰타는 깊이 잠들어 있다. 어쩌면 영영 깨어나지 못할지 모른다. 오미야에는 이제 오코마밖에 없다. 데구사리 형을 받고도 간판상품을 포기하지 않은 창업자의 기개를 물려받아 오미야 간판을 지켜나가야 할 사람은 이제 오코마뿐이다.

오코마가 떨리는 양손을 내밀자 오시마는 인내상자를 손 위에 가만히 올려놓았다.

상자는 가벼웠다. 그 뜻밖의 가벼움이 오코마의 입술을 움직였다.

"오시마—."

"왜요?"

"화재로 할아버지가 돌아가시고 어머니도 이렇게 되셨어. 그날 밤 혹시 엄마가 이 상자를 열었던 게 아닐까? 못 견디게 열어 보고 싶어서……."

오시마의 눈이 날카롭게 반짝였다. 오코마는 서둘러 말을 이었다. "아버지도 마찬가지야. 이 상자를 열어 본 탓에 그렇게 돌아가신 거 아닐까? 이 상자는 오미야의 가보는커녕 재앙의 씨앗인 거야."

오시마가 천천히 숨을 토했다.

"그렇게 생각하신다면 아씨는 더욱 철저히 금기를 지키고 누구 눈에도 띄지 않게 보관해 주셔야 합니다."

오코마는 눈길을 들었다. 오시마가 쳐다보고 있었다. 깊은 밤 달빛에 희미하게 빛나는 귀신 가면 같은 얼굴이었다.

그날 밤부터 오코마는 인내상자와 함께 지내게 되었다.

별장으로 옮긴 뒤 오코마는 내내 혼자 지냈다. 인내상자는 오시마도 그렇게 했던 것처럼 이불을 넣는 벽장 구석에 지리멘 비단보자기에 싸서 넣어 두었다. 방을 나갔다가 돌아오거나 아침에 일어날 때, 혹은 밤에 잠자리에 들기 전에 꼭 벽장을 열고 상자가 그 자리에 있는 것을 확인하는 것이 오코마의 새로운 버릇이 되었다.

상자를 열어 보고 싶다거나 속을 확인하고 싶다는 마음보다는 두려움이 앞섰다. 할아버지나 부모에게 내린 끔찍한 일의 원인이

이 작고 까만 옻칠 상자 속에 있는 것 같다는 속단을 멈출 수 없었다. 그 상자는 오미야에 척진 물건이고 그곳에 봉인된 것은 조상의 훈계가 아니라 뭔가 더 꺼림칙한 물건일 것 같다는 생각을 금할 수 없다.

그리고 그것을 하치스케와 오시마도 알고 있는 게 아닐까? 할아버지, 아버지, 어머니도 알고 있었던 게 아닐까? 그런 생각을 하니 긴시라쿠로 큰 재산을 모은 오미야에 저주받은 피가 흐르는 것은 아닐까 하는 기분도 들었다.

하치스케가 창백한 낯으로 고한 이야기에 거짓은 없어서, 오캇피키와 그 수하들은 오미야 별장을 감시하기 시작했다. 은밀한 감시가 아니라 별장에서 지내는 사람이라면 누구나 알 수 있는 노골적인 방식이라 거의 협박이나 다를 게 없었다. 우물가에 가면 담 너머에서 등이 구부정한 남자가 곱지 못한 눈초리로 이쪽을 뻬딱하게 쳐다보며 서 있고, 별 생각 없이 창밖으로 시선을 돌리면 건물 그늘에서 누군가 재빨리 몸을 숨기는 형편이라, 오코마나 오시마가 아무 말을 하지 않아도 같은 지붕 아래 지내는 하녀들은 금방 이변을 눈치채고 불안해하기 시작했다. 오리쿠는 밭일을 마치고 돌아오는데 누가 미행을 했다며 울면서 돌아올 정도였다.

이렇게 '우리가 너희를 의심하고 있다'며 노골적으로 나오면 뒤가 켕기는 자가 제풀에 정체를 드러낼 거라고 생각하리라. 실제로 하녀들은 점점 불안해하다가 별것도 아닌 일로 말다툼을 하거나 사이가 틀어지게 되었다. 펄펄 끓는 솥에 억지로 뚜껑을 덮어 솥뚜껑이 튀어 오르기를 기다리는 것처럼 별장 내부는 점점 숨막히는 분위기로 변해 갔다.

감시가 시작되고 꼭 열흘이 되는 날, 화재가 났을 때처럼 바람이 울부짖듯이 불어대는 밤이었다. 오코마는 베개 위치를 바꾸어봐도 잠을 이루지 못하여 계속 뒤척이며 어두운 천장을 바라보고 있었다. 생각을 하지 않으려고 해도 화재가 있던 날 밤이 떠오르고 만다.

―만약 오늘 밤 여기에서 불이 난다면.

나도 저 인내상자를 안고 도망쳐야 할까. 빨리 피하지 않으면 목숨이 위태로운 상황이라도 굳이 상자를 꺼내러 돌아가야 할까.

―아니, 나라면 그런 상자는 차라리 불에 타 버리라고 생각할 거야. 재빨리 나만 도망치고 그런 상자는 불에 타 버리게 놔둘 거야.

그런 생각을 하니 눈이 점점 말똥말똥해졌다. 잠을 포기하고 일어나 앉아 차가운 밤공기에 몸을 떨며 벽장문을 열었다. 그리고 캄캄한 속으로 손을 뻗어 지리멘 비단보자기에 싸인 상자를 감촉으로 확인했다.

잘 있구나. 문제없어.

그때 한 줄기 바람이 바깥의 덧문을 치고 별장의 낡은 처마 끝을 후려치며 불어 지나갔다. 하지만 그 커다란 소리 밑으로 희미하게 여자 비명 소리가 들리는 것 같았다.

가만히 귀를 기울였다. 바람소리만 들릴 뿐이다. 아까 그것은 잘못 들은 것일까—.

아니, 또 들린다. 말다툼하는 듯한 여자 목소리.

오코마는 잠옷차림 그대로 복도로 뛰어나갔다. 그러자 목소리가 똑똑히 들렸다. 어머니와 오시마의 방 쪽이다. 큰소리를 내는 사람은—.

"빨리 말해요. 그 상자 어디 있냐고요!"

오슈였다.

오코마는 어머니 방으로 달려갔다. 뒤에서 장지가 열리며, 아씨, 하고 부르는 소리가 들렸다. 오타쓰였다. 오코마는 고개만 돌려 말했다.

"오슈가 화를 내고 있어. 빨리 와 봐!"

발소리를 쿵쿵 울리며 복도를 뛰어가 장지를 힘껏 열었다. 눈앞에 하얀 잠옷을 입은 오슈의 등이 보였다. 우뚝 버티고 서서 오른손에 부엌칼을 쥐고 있다. 어머니 방은 간병을 해야 하므로 밤새 불을 켜 둔다. 심지를 줄여 희미한 사방등 불빛이 외풍에 깜빡깜빡 흔들리고 오슈의 손에 들린 칼날이 그 빛을 반사하고 있었다.

잠자리에서 일어난 오시마는 누워 있는 오쓰타를 온몸으로 보호하며 오슈를 노려보았다. 잠옷의 무릎께가 벌어져 오시마의 굵은 허벅지가 보인다. 오슈가 든 부엌칼의 칼끝이 그쪽을 향하고 있었다.

"아씨!"

오시마가 소리치자 오슈가 고개만 돌려 뒤를 보았다. 사방등을 등져 새카맣게 보이는 얼굴에 웬일인지 눈만 커다랗다. 오코마의 눈에 그 눈이 똑똑히 보였다.

"상자 어디 있어요?"

술에 취한 말투로 오슈가 말했다. 아아, 제정신이 아니구나, 하고 오코마는 바로 눈치챘다.

"상자라니?"

"시치미 떼지 마!" 오슈의 입에서 침방울이 튀었다.

"상자 말이야. 까만 옻칠 상자. 어디 있어? 당신이 갖고 있지?"

"아씨에게 무슨 말버릇이냐!"

"아씨는 무슨 얼어 죽을. 살인자의 딸내미 주제에."

오슈의 말에 오코마뿐만 아니라 오시마, 오타쓰, 오리쿠, 그리고 그제야 달려온 규지로도 그 자리에 얼어붙었다.

오슈의 노기 띤 눈에서 갑자기 눈물이 뚝뚝 떨어지기 시작했다.

"잘 들어, 오코마. 네 엄마가 네 할아버지와 정분이 나서 거치적거리게 된 주인님을 독살해 버린 거야. 사람이 그렇게 갑자기 죽었다면 달리 생각할 수가 없잖아."

오코마는 뭔가 말하려고 했지만 목소리가 나오지 않았다. 그저 입술만 바들바들 떨었다.

"그렇게 사람 좋은 주인님을—."

눈물을 흘리는 오슈에게, 오코마의 어깨를 뒤에서 감싸듯 안고 있던 오타쓰가 불쑥 확인하듯이 물었다. "오슈, 너, 주인님을 혼자 좋아했지?"

오리쿠가 작은 소리로 말했다. "그래서 내가 늘 말했잖아요. 오슈 씨는 주인님을 존경하는 게 아니라 사랑하는 거라고."

"오랫동안, 나는 증거를 찾아 왔어."

"무슨 증거를?" 하며 그제야 오코마가 물었다.

"아버지가 독살 당했다는 증거?"

"그래. 그래서 그날 밤 드디어 찾았던 거야. 마님이―,"

이런 상황에도 죽은 듯 잠든 채 깨어나지 않는 오쓰타를 내려다본 뒤 말을 이었다.

"불단 앞에서 까만 옻칠 상자를 꺼내어 남이 볼까 숨기듯이 안고서 '용서해 주세요, 용서하세요'^{원문은 '간닌시테 구다사이, 간닌네'. '간닌'은 '참고 견딤'과 '화를 참고 용서함'이라는 두 가지 뜻을 가지고 있다}라고 말하는 것을."

오코마는 아아, 하고 소리치고 싶었다. 그런 거였나.

"그래서 그 상자에 뭔가 있다는 걸 알았는데……. 아무리 찾아봐도 보이질 않아."

"그래서 불을 질렀던 거야? 불이 나면 귀한 물건을 챙겨 나올 테니까?"

오시마가 그렇게 소리치고 분을 이기지 못해 오슈에게 달려들었다. "이 악귀 같은 년!"

오타쓰 등도 오시마에 가세했다. 오슈는 최근 집요한 감시에 신경이 예민할 대로 예민해져 있다가 마침내 자포자기하여 부엌 칼을 들고 나왔을 것이다. 오슈는 혼자서 네 명을 상대로 악귀처럼 난동을 부렸다.

오코마는 기겁해서 그 자리에 주저앉아 버렸다. 어머니 곁으로 가려고 할 때 난동을 부리던 오슈의 팔이 사방등을 후려쳐서 사방등이 쓰러졌다. 그 순간 튀어오른 불똥이 금세 번지며 불타올랐다.

"불이야! 불이야!"

다들 소리치며 불을 끄기 시작했다. 오슈는 한 팔을 짚고 주저앉아 어깻숨을 쉬었다. 오쓰타는 이 소란도 모른 채, 그리고 이불이 마구 짓밟히는 것도 알아차리지 못한 채 눈을 감고 조용히 잠들어 있었다.

오코마는 엉금엉금 기어서 그 자리를 벗어났다.

—그 상자, 인내상자 때문이야. 더는 못 참아. 대체 뭐가 들어 있기에.

아버지도 그 상자를 향해, '참자, 참자'라고 말했다. 어머니도 몰래 '용서하세요'라고 작은 소리로 중얼거렸다. 그 상자에 무엇이 숨어 있는 걸까.

자기 방으로 돌아온 오코마는 떨리는 손으로 힘겹게 사방등 심지에 불을 붙이고 벽장에서 인내상자를 꺼냈다. 보자기를 풀었다. 하얀 목련꽃무늬가 보였다. 뚜껑을 열려고 했다.

—만약 오슈 말이 사실이라면?

낫으로 후려친 듯 그 생각이 마음을 찢어 버렸다.

─만약 이 상자에 엄마가 뭔가 무서운 것을 숨겨 두었다면?

어머니만이 아니다. 할아버지도. 할아버지의 아버지도. 오미야 사람들은 오랜 세월 동안 열어서는 안 되는 이 인내상자를 대대로 물려받아 오면서 거기에 뭔가 원한을 봉인해 왔을 것이다.

오쓰타 방에서 오슈가 여전히 울고 있다. 불은 무사히 끈 것 같다.

오코마는 인내상자를 다다미에 내려놓았다. 그곳에서 시선을 떼지 않은 채 한손을 뻗어 사방등 테두리를 잡았다.

─열지는 않을게요.

속으로 그렇게 말하며 오코마는 천천히 사방등을 밀었다. 자빠진 사방등에서 점점 커지는 불길을 바라보며 인내상자를 무릎 위에 놓았다.

참자, 용서하세요원문은 '간닌, 간닌시테네'.

유 괴

그 아이는 대뜸 이렇게 말했다.

"아저씨, 나를 납치해 줘요."

해 질 녘. 미노키치는 문밖에 풍로를 내놓고 말린 정어리를 굽고 있었다. 부채질을 하며 연기를 살펴보다가 어느새 '지금쯤 오시마도 식사 준비를 하고 있겠지. 빠릿빠릿하게 움직이고 있는지. 시어머니한테 혼나지나 않는지' 하며 멍하니 상념에 잠겨 있었다. 그래서 아이가 하는 말을 얼른 알아듣지 못했다.

아까부터 낯선 아이 하나가 주위를 오락가락하고 있다는 것은 알고 있었다. 미노키치는 이 나가야에 산 지 오래여서, 그 아이가 이곳에 사는 아이도 아니고 친구와 놀려고 찾아온 아이도 아니라는 것을 얼굴만 슬쩍 보고도 알 수 있었다. 무엇보다 여기 아이치고는 옷차림이 너무 말끔하다. 덧댄 데 없는 옷을 입고 새 나막신을 신고 있다.

미노키치의 방은 이 무네와리 나가야일반 나가야는 긴 건물에 단칸방들을 나란히 배치하므로 각 세대는 좌우 양쪽이 벽으로 막히고 전후 방향으로 통풍과 채광이 가능하지만, 무네와리 나가야는 지붕마루 선을 따라 벽을 두어 양쪽에 방을 들이므로 각 세대는 삼면이 벽으로 막혀 있어 통풍과 채광이 열악했다의 북쪽 끝에 있어 바로 옆에 공동우물이 있다. 아이는 그 우물가에 서서 우물 난간을 짚고 속을 들여다보는 척하거나 우물 주변을 빙빙 돌거나 두레박을 올리는 시늉을 하는 등 이런저런 행동을 하며 곁눈질로 내내 미노키치를 살펴보고 있었다.

집집마다 저녁을 지을 시간이라 우물가에는 아무도 없다. 여기저기 처마 밑에서는,

"아직도 놀고 있냐! 이제 그만 들어와!"

하며 자식을 꾸짖거나,

"어서 와요. 오늘은 제법 무더웠죠."

하며 귀가하는 남편을 맞아 주는 안주인들의 생기 있는 목소리가 들린다. 아이나 안주인 목소리가 들리지 않는 곳은 미노키치네 집뿐이다.

딸 오시마 생각을 하면서도 근처를 얼쩡거리는 낯선 아이를 전혀 신경 쓰지 않는 것은 아니었다. 우물가에서 노는 것이 걱정스럽기도 하거니와 해는 이미 기울 대로 기울어 하늘 아랫자락에 붉은 선 한 줄기만 남아서 가늘게 빛나고 있을 뿐이다. 금세 깜깜

해질 텐데, 어서 집으로 돌아가라고 말해 줄까 하는 생각을 막연히 하고 있었다. 그런데 어디 사는 아이일까—.

그때 아이가 이쪽으로 자박자박 걸어오더니 작은 무릎을 양손으로 짚으며 허리를 숙이더니 미노키치의 얼굴을 들여다보고 말하는 것이다.

"어?" 하고 미노키치가 물었다. "뭐라고?"

"나를 좀 납치해 달라고요."

부채질을 하던 미노키치의 손이 딱 멈췄다. 연기가 심해 기침이 터졌다. 다시 얼른 부채질을 하며 콜록콜록 터져 나오는 기침을 참고는 웃는 낯으로 아이를 몰아내는 턱짓을 했다.

"너랑 수수께끼 놀이하고 있을 시간 없다."

"수수께끼 아녜요."

"집으로 돌아가라. 봐라, 벌써 까마귀가 울잖니."

"어디?" 하며 아이는 무릎을 짚은 채 하늘을 올려다보았다. "까마귀 없는데?"

귀찮은 아이네까마귀는 해 질 녘에 울기에 까마귀가 울면 어린이는 집에 가야 한다는 관념이 있다.

"까마귀 얘기가 아니라 네가 집에 갈 때라는 얘기다. 너, 어디 사니?"

아이는 그 물음에는 대답하지 않고 미노키치에게 더 가까이 다가섰다.

"아저씨, 다다미장수 미노키치 씨죠?"

그러자 미노키치도 조금 진지해져서 아이 얼굴을 찬찬히 뜯어보았다. 그리고 보니 전에 어디서 이 아이를 본 것 같기도 했다. 어디서 보았더라?

"그래, 내가 미노키치다. 너는 어디 사는 누구냐?"

"나는 하마초 다쓰미야의 고이치로."

"하마초의 다쓰미야? 요리점 다쓰미야?"

"그래요. 아저씨, 전에 우리 집에 다다미 교체하러 왔었잖아요."

아이가 말한 대로였다. 사흘 전쯤 분명히 하마초 다쓰미야에 가서 일했다. 다쓰미야는 유명한 요리점으로, 특히 겨울철 아귀탕으로 유명하다. 재산도 많아 점포와 저택, 셋집을 합치면 3천 냥은 넘을 거라는 사부의 말이 기억난다.

"다쓰미야 도련님이라고?"

아이가 고개를 끄덕였다. "아저씨, 내 얼굴이 기억 안 나요? 나는 다 기억하는데. 아저씨가 일하는 거, 다 보고 있었으니까."

그리고 보니 다다미를 교체하는 동안 어린아이가 간간이 눈에 띄었던 것 같다. 이 아이가 그때 그 아이라면 어디선가 본 것 같다는 조금 전의 느낌도 착각은 아니었던 셈이다.

다시 한 번 아이를 쳐다보았다. 작고 피부가 곱고 이목구비가 단정하며 볼이 발그레하다. 손발도 깨끗하다. 나가야 아이들처럼 손톱 밑에 흙이 끼어 있지도 않다. 곱게 자라고 있다는 증거이다.

이름도 모르고 지금까지 제대로 얼굴을 살펴본 적도 없지만,

다쓰미야에 아들이 있다는 이야기는 듣고 있었다. 아마 외아들일 것이다. 장차 당주 자리를 물려받겠지.

미노키치는 얼른 일어나 풍로 옆을 돌아서 아이 곁으로 갔다. 아이는 무릎에서 양손을 떼고 미노키치 얼굴을 올려다보았다. 미노키치가 쪼그리고 앉아 아이와 눈높이를 맞추자 동글동글한 눈으로 똑바로 쳐다본다.

"다쓰미야의 고이치로 도련님?"

"응, 그렇다니까요."

"도련님께서 저한테 무슨 볼일이세요?"

엉겁결에 존댓말로 바뀐 것은 다쓰미야가 미노키치의 사부에게 중요한 고객이기 때문이다. 격이 있는 요리점은 손님을 들이는 객실의 다다미를 해마다 한 번은 꼭 교체한다. 그 가게의 형편에 따라 전부 교체하기도 하고 겉만 교체하기도 하는데, 어느 작업이든 다다미 가게에게는 중요한 고객인 것이다다다미는 볏짚을 5센티 정도 두께로 엮고 골풀 돗자리로 겉을 씌워서 만드는데, 낡아서 교체할 때는 겉을 씌운 돗자리만 교체하기도 한다. 더구나 미노키치를 고용한 가미노하시의 다다미 가게 이고로 사부는 선대 시절부터 다쓰미야와 거래해 와서 특히 깍듯이 대하고 있다. 미노키치로서도 상대가 그 다쓰미야의 아들이라면 함부로 대할 수는 없었다.

"도련님 혼자 오셨어요?"

"네."

"무슨 일로요?"

"말했잖아요." 아이는 작은 이를 보이며 웃었다. "아까 말했죠, 나를 납치해 달라고."

"납치라면…… 집까지 데려다 달라는 건가요?"

길을 잃어 혼자서는 돌아가지 못하게 된 걸까.

"아니. 아저씨, 몰라요?" 아이는 초조한지 발을 동동 굴렀다. "납치하는 거. 유괴하는 거 말예요."

아니, 미노키치도 납치가 무엇을 말하는지는 안다. 알지만 이 아이가 그 말을 뭔가 다른 의미로 알고 있는 것은 아닐까 생각했던 것이다.

"제가?" 미노키치는 제 코를 가리켰다.

"네."

"도련님을?" 하고 아이를 가리킨다.

"맞아요."

"납치를 한다. 안아 준다거나 업어 주는 게 아니고?"

"네, 납치하는 거. 그래서 아버지한테 돈을 받아 냈으면 좋겠어요."

"돈을!"

"백 냥. 백 냥을 내놓지 않으면 나를 돌려보내지 않겠다고 말하는 거예요."

미노키치는 입을 멍하니 벌렸다. 아이는 새침한 표정을 하고 있다. 그 말쑥한 얼굴을 쳐다보고 있자니 불쑥 화가 났다. 이 녀석이 뭔가 엉뚱한 속임수에 넘어갔구나, 하고 생각했다.

아이 목덜미에 까만 줄이 걸려 있는 것이 보였다. 미노키치는 불쑥 손을 뻗어 아이 목깃을 비틀어 올리듯이 하며 그 줄을 잡았다. 짐작대로 끝에 미아 방지 패찰이 달려 있다. 끈을 당겨 패찰을 쥐고 뚫어져라 들여다보았다.

「하마초 다쓰미야 고이치로 / 부 긴지로 모 스에」

미아 패찰에 그렇게 적혀 있었다. 달필이다.

"봐요, 그렇죠? 나는 다쓰미야 고이치로라니까. 우리 집은 부자니까 백 냥 정도는 바로 내줄 거예요. 아저씨, 나를 납치해 줄래요?"

미노키치는 맥이 탁 풀렸다. 정말로 다쓰미야의 아들이었다. 누군가 사악한 짓을 벌이고 있군.

어떡한다?

맥없이 주저앉은 미노키치의 머리를 고이치로가 걱정스레 쓸어 주었다.

"아저씨, 왜 그래요? 기운 내요."

두 사람 뒤에서 정어리가 연기를 꾸역꾸역 올리며 타고 있었다.

미노키치는 고이치로를 안고 집 안으로 데리고 들어갔다. 고이치로는 마루턱에 앙증맞게 앉아 다리를 건들건들 흔들며,

"여기가 아저씨 집?" 하고 태평한 목소리로 물었다.

"잘 들어요, 도련님."

무슨 나쁜 짓을 하는 것도 아닌데 숨이 가빴다. 미노키치는 유지 장지에 등을 딱 붙이고 식은땀을 흘리며 말했다.

"도련님은 재미 삼아 하는 말이겠지만 납치라는 건 엄청난 일입니다. 만약 저와 도련님이 이야기하는 걸 누가 듣기라도 하면 저는 바로 잡혀가 옥문에 모가지가 대롱대롱 매달릴 겁니다."

"누가 듣나요?"

"아직까지는 아닌 것 같습니다."

"그럼 됐잖아요. 이제부터 아저씨랑 나랑 꾀를 내어 우리 집에서 백 냥을 받아 내자니까."

"꾀, 꾀를 내요?"

눈알이 튀어나올 것처럼 미노키치의 눈이 커졌다.

"도련님, 몇 살이세요?"

"열두 살."

"저는 마흔여덟입니다. 도련님은 저보다 머리가 한참 덜 영글었나 보군요. 세상에나, 꾀를 내다니, 나 원 이것 보게."

물론 '이것'은 단순한 추임새지 고이치로를 가리키는 말은 아니다.

"도대체 뭘 잘못 먹어야 도련님 같은 생각을 하게 되는 건지."

"나, 어제오늘 생각해 낸 일이 아니거든요."

이마의 식은땀을 훔치고 미노키치는 고이치로에게 흠칫거리며 다가갔다. 나란히 앉을까 하다가 생각을 바꾸어 고이치로 앞에 책상다리를 하고 앉았다.

"도련님."

머릿속이 빙빙 돌아 무슨 이야기부터 해야 할지 알 수 없다. 미노키치는 침을 삼켜 바싹 마른 목을 적시고 애써 웃음을 만들었다.

"이제 저랑 같이 댁으로 돌아가시죠."

"싫어." 고이치로가 단칼에 거절했다.

"부탁합니다. 납치니 뭐니 겁나는 말씀은 장난으로라도 하시면 안 됩니다. 아까도 말했죠, 이런 얘기를 누가 들으면 저는 끝장납니다. 도련님이 혼자서 저희 집에 왔다는 것부터가 이상한 일입니다. 오캇피키가 보면 무슨 의심을 할지 모릅니다."

"그래요? 그렇게 곤란한 일인가."

"암요."

미노키치는 고개를 설레설레 저었다.

"그럼 내가 소리를 지르면 곤란하겠네요?"

"네, 그렇죠. 예?"

고이치로는 아이답지 않은 의미심장한 미소를 지었다. "지금 당장 내 말대로 납치를 해서 아버지한테 백 냥을 받아 내겠다고 약속해 주지 않는다면 나, 소리 지를 거야."

아앙, 하며 입을 벌리고 비명을 지르는 시늉을 한다.

"이 아저씨한테 납치당했다, 사람 살려! 그렇게 외칠 거예요. 그래도 좋아요?"

미노키치는 기력이니 배짱이니 분별이니 하는 것들이 차가운

물로 변하여 발톱 끝을 통해 발밑의 땅으로 졸졸 흘러나가는 것을 느꼈다. 뒤에 남은 미노키치의 몸뚱이는 텅 빈 껍데기여서, 그 속으로 횡횡 바람이 분다―라고 느꼈지만, 입에서 새는 숨소리였다. 턱이 툭 떨어진 채 다물어지지 않는다.

자기 말의 위력을 확인하자 고이치로는 생긋 웃었다.

"나, 아저씨를 곤란하게 하고 싶지 않아요."

미노키치는 하아, 하는 목소리를 간신히 쥐어짜냈다.

"게다가 이건 아저씨에게도 나쁜 얘기가 아닐 텐데요. 백 냥을 받아 내면 절반을 아저씨한테 줄게요. 그럼 걱정할 게 전혀 없잖아요. 언젠가 그랬었죠? 내가 분명히 들었는데."

"……언젠가?"

"우리 집에 다다미 교체하러 왔을 때."

미노키치는 마비된 것처럼 멍해진 머리를 애써 돌리며 필사적으로 생각했다. 다쓰미야에 가서 다다미를 교체하며 누군가와 그런 이야기를 나눴었나?

"금화가 있다면 앞으로 병에 걸려도, 나중에 죽을 때도 딸한테 신세 지지 않을 수 있다, 돈을 모아야 한다고."

그 말을 듣자 미노키치도 기억이 났다. 그러고 보니 사야마의 데쓰고로와 그런 이야기를 했던 것 같다.

상가나 무가 저택의 다다미 교체는 대개 연말에 한다. 새 다다미로 새해를 맞기 위해서다. 그러나 다쓰미야는 그렇지 않다. 아귀탕은 한겨울이 대목이므로 매년 섣달 그믐날까지 가게를 열고 새해가 되어도 초사흘 저녁부터 손님을 받기 때문이다.

그래서 매년 장마가 들기 전인 이맘때 다다미를 교체한다. 축축하고 찌무룩한 계절에 질척한 길을 힘들게 걸어 찾아 주는 손님을 풀냄새 나는 새 다다미로 맞아 주자는 배려도 작용하는 듯하다. 작업을 의뢰받은 다다미 가게로서도 일거리가 많지 않은 철이므로 급히 서두르지 않고 일할 수 있다는 장점이 있어서 이것은 매우 반가운 관습이었다.

그러나 올해 다쓰미야는 객실뿐만 아니라 가족들 방부터 고용인이 기거하는 별채의 다다미까지 전부 교체해 달라고 의뢰했다. 더구나 가게 문을 닫는 기간이 딱 하루 저녁뿐이므로 반드시 하루 만에 마무리해 달라고 했다. 미노키치네 공방만으로는 대응할 수 없는 주문이어서 사야마라는 다다미 가게에 도움을 청했다. 그곳의 고참인 데쓰고로는 미노키치와는 나이도 비슷하고 어릴 때부터 알고 지낸 사이였다. 간만에 만난 두 사람은 작업하는 틈틈이 담배를 피우며, 혹은 점심 도시락을 먹으며 이런저런 이야기를 나누었다. 오시마를 시집보내고 한시름 놓은 것을 시작으로 불평불만 비슷한 이야기를 했던 것이다.

"그래…… 그런 이야기를 했지요."

"그죠?" 고이치로는 흡족한 듯, 그러면서도 조금 안도한 말투가 되었다.

"그 돈이 우리 집에 엄청 많거든요."

긴장해 있던 미노키치도 이 말에는 잠깐 웃음을 터뜨렸다. "도련님이 말하는 돈과 제가 말하는 돈은 단위가 전혀 달라요. 50냥이라니…… 저로서는 어디다 다 써야 할지도 모를 엄청난 거액입니다."

"50냥이 싫어요?"

"그걸 다 어디다 씁니까. 죽을 때 황금 관이라도 짜 달라고 할까요?"

얼마 전이었다면 오시마의 혼수를 사는 데 쓸 수도 있었을 것이다. 오랜 세월 다다미에 바늘을 쿡쿡 찔러서 모은 돈으로는 기모노 한 벌 맞춰 주는 것이 고작이었다. 오시마의 시댁은 미노키치 사부의 친척인데, 살림이 넉넉한 그쪽에서는 이쪽의 가난한 사정을 알고 있었고, 그래도 괜찮다고 해서 딸을 시집보낸 것이다. 혼수 장만이나 혼례 준비도 저쪽에서 다 알아서 해 주었다. 하지만 아무리 그래도 그럴듯한 혼수를 하나라도 들려 보내고 싶은 것이 부친 미노키치의 마음이었다. 나처럼 한심한 애비도 없을 거야―.

연방 한탄하는 미노키치에게 데쓰고로는 10년 전 죽은 미노키치의 부인 이름을 거론하며, 자네 처가 병들었을 때 눈알이 튀어나오게 비싼 인삼을 구해다가 달여 주었지, 모아 둔 돈을 그때 다 써 버렸잖아, 벌써 잊었나? 하고 힘주어 위로해 주었다. 그러고 보니 그랬구먼, 하며 미노키치도 고개를 끄덕였다. 그리고 장차 자기가 병들어 누웠을 때 다른 집안 사람이 된 딸을 걱정하게 할 수 없다, 적어도 그런 폐는 끼치지 않도록 돈을 모아야겠다는 말을 했던 것이다.

어른들이 나누는 그런 이야기를 엿듣고 기억하고 있다니 꽤 조숙한 아이 아닌가. 미노키치는 새삼 고이치로의 작은 얼굴을 바라보았다. 그리고 문득 궁금해졌다. 이 아이는 나머지 50냥을 어디에 쓰려는 걸까. 그전에 왜 그런 거액을 원하는 걸까.

"도련님은 그 돈으로 뭘 하시게요?"

"나, 그 돈 갖고 오시나한테 갈 거예요."

"오시나?" 여자 이름이다. "뭐 하는 분이죠, 그분은?"

"아기 때부터 나를 키워 주었어요. 작년 연말에 아버지가 아프다면서 우리 가게를 그만두었지만."

다쓰미야에 기숙하며 일하던 하녀이거나 유모였던 모양이다.

"오시나 씨는 지금 어디 있는데요?"

"고향으로 돌아갔어요. 이타바시 역참 쪽이라고 하던데, 이타바시라면 여기서 멀어요?"

"멀지는 않지만, 여기보다 훨씬 시골이죠."

"오시나의 고향집은 아주 가난하대요. 나한테 종종 그랬어요. 흰쌀밥 먹어 본 적이 없다고. 매일 조밥이나 피밥뿐이었대요. 그래서 나, 돈을 가지고 가서 오시나랑 같이 살 거예요. 어른이 되면 오시나 대신 논일도 하고. 말도 타고. 오시나가 그랬어요. 자기는 내 나이 때 말 타고 쟁기질도 했다고."

아이 얼굴을 올려다보며 미노키치는 빙긋이 웃었다. "도련님이 오시나 님을 좋아하시는구나."

잘나가는 상인 집안에서 태어난 아이는 늘 바쁜 모친보다 곁에서 시중드는 유모나 하녀를 더 따르는 일도 드물지 않다. 다쓰미야 안주인 오스에도 장사에 열심이어서 자식과 소원졌는지도 모른다.

"네. 나는 늘 오시나한테 가고 싶었어요" 하고 고이치로는 기특할 만큼 솔직하게 말했다. "하지만 오시나네 집은 가난하니까, 나, 그냥 얹혀살 수는 없잖아요? 어떻게든 돈을 가지고 가야 해요. 입이 하나 더 느는 거니까."

상가의 자손답게 이런 점에서는 똑 부러진다. 미노키치는 더욱 감탄했다.

"아버님 어머님께 그런 말씀을 드려 보았습니까?"

고이치로는 눈을 동그랗게 떴다. "어떻게 그런 말을 해요. 보내 줄 리가 없는데. 어머니는 오시나를 싫어하거든요."

오호. 왜 싫어하는지 미노키치는 이리저리 상상해 보았지만 입 밖에 내지는 않았다.

"그래서, 말하기가 뭣하지만, 어떻게든 집안에서 돈을 우려낼 궁리를 하셨습니까?"

"응, 그래요."

"그런데 어떻게 납치하자는 생각을 하신 겁니까? 아이를 납치해서, 아들을 찾고 싶으면 돈을 내놓아라, 그런 이야기는 제가 들어 본 적도 없습니다만."

"납치라는 거, 그런 거 아닌가요?"

"어린 사내아이나 계집아이를 납치하는 나쁜 놈들은 납치한 아이들을 딴 데 팔아넘기는 겁니다. 그러면 바로 돈이 되잖아요. 부모한테 돈을 내놓으라고 하다니, 그럼 그 돈을 어떻게 받으러 갈 겁니까? 어슬렁어슬렁 나갔다가 붙잡히면 다 허탕인데."

고이치로는 눈동자를 또글또글 굴렸다. 생각도 못해 봤다는 표정이다. 새앙쥐나 새끼 토끼를 연상케 하는 귀여운 표정이다.

"으음…… 납치라는 거, 팔아 버리는 거였나?"

"그럼요. 도련님이 뭘 잘못 아셨군요."

"아버지한테 돈을 빌리러 오는 사람이 있어요." 고이치로는 작은 소리로 말했다. "그런 사람들은 많이 빌릴 때는 대신 뭔가 귀한 것을 맡기고, 빌린 돈을 갚으면 아버지가 그 귀한 물건을 돌려주더라고요. 나도 그런 것이 될 수 없을까 생각했던 건데."

"그건요, 돈 빌릴 때 맡기는 담보물이라는 겁니다. 살아 있는 사람은 담보물이 될 수 없어요."

알아듣게 설명하며 미노키치는, 오호, 다쓰미야 주인이 은밀히 돈놀이도 하나, 하고 생각했다. 목돈인지 푼돈인지는 알 수 없지만.

"그렇지 않아요." 고이치로는 입을 삐쭉거리며 대답했다. "아버지는 사람을 담보물로 돈을 빌려주고 있어요."

"사람을 어떻게 담보물로 잡아요?"

"우리 집 조리사들도 그런 사람인걸요."

"에이, 그건 고용인들이 가불하는 거겠죠."

"그거랑 달라요. 어려운 일이 생겼다 싶으면 돈을 빌려주고 있어요. 급료에서 제한다고 하던데. 조리사들이 다른 사람 부탁을 받고 대신 빌리러 올 때도 있고요. 나, 몰래 엿보고 있거든요."

미노키치는 곤혹스러웠다. 아이 말이 맞다면 다쓰미야 주인은 고용인에게 비열한 짓을 하고 있는 것이다. 고용인을 상대로 이자를 받고 그들을 시켜서 다른 채무자를 데려오게 한다는 말이니까.

안주인은 이걸 알고 있을까. 알면서 잠자코 있는 거라고 생각하고 싶지 않다. 요리점이라면 안주인의 힘이 다른 업종보다 절대적으로 강하다. 주인은 거의 장식품이나 마찬가지이다. 그리고 오스에는 예의범절에 엄격한 사람이므로 고용인을 물건 다루듯이 함부로 대하지 않는다고 미노키치는 알고 있었다.

본래 상가에서 고용인 방에까지 다다미를 깔아 주는 일은 매우 드물다. 그들이 지내는 건물은 가족의 방이나 점포보다 훨씬 허름하게 지어서 외풍이 심하고 다다미를 쳐들면 바로 흙바닥이 보이는 구조이게 마련인데, 그나마 이 정도는 나은 편이다. 대개는 잘해야 널을 깔아 주고, 기숙하는 하녀들이 봉당에 멍석을 깔고 자게 하는 집도 있으니까.

이런 배려는 모두 오스에에게서 나온 거라고 사부에게 들은 적이 있다. 사부는 똑같이 아랫사람을 부리는 사람으로서 오스에를 존경하고 있었다.

고이치로가 미노키치의 얼굴을 빤히 쳐다보고 있다. 미노키치는 움찔하며 상념을 그만두었다. 그리고 얼른 말했다.

"아무튼 사람은 담보물이 될 수 없습니다. 자, 잘못 알고 있었다는 걸 이해하셨겠죠. 납치 흉내를 내더라도 댁에서 돈을 뜯어낼 수가 없어요" 하며 웃어 보였다. "어떡할까요. 도련님을 팔아달라는 부탁은 하지 말아 주세요. 저는 도련님 같은 아이를 누구한테 팔아넘겨야 하는지 아는 곳도 없고 그런 연줄도 없으니까."

고이치로는 풀이 죽었다. 할 수만 있다면 이 아이가 조르는 대로 해 주고 싶다는 생각이 들 정도로 안쓰럽게 풀이 죽은 표정이었다.

"집으로 돌아갑시다" 하고 미노키치가 말했다. "제가 하마초까지 바래다드리죠. 혼자 놀러 나갔다가 너무 멀리 가서 강을 건너고 보니 돌아가는 길을 잃어버렸다. 길 잃은 도련님을 마침 제가발견했다. 이게 어떻겠습니까. 이렇게 고하면 도련님이나 저나크게 혼나지 않고 넘어갈 수 있을 겁니다."

미노키치는 고이치로 손을 잡고 해 저문 거리를 걸어가며 아이가 조금은 생기를 찾을 수 있도록 아이가 좋아한다는 오시나에대하여 이것저것 물어보았다. 고이치로는 오시나가 불러 주던 노래를 부르고, 그녀는 손재주가 좋아 가끔 종이접기를 보여 주었다고 했다.

다쓰미야에서는 역시 큰 소동이 벌어졌다. 해가 지도록 외아들이 돌아오지 않고 어디에 있는지도 모른다고 하니 당연한 일이었다. 미노키치도 각오는 되어 있었지만 아까 준비해 둔 해명이 통

할지 어떨지 내내 가슴이 조마조마했다. 미노키치와 손잡고 있던 고이치로는 도착하기 무섭게 가로채이듯 안으로 끌려 들어가고 미노키치는 혼자 다쓰미야 살림집 북쪽의 부엌 바로 옆에 있는 작은방에서 이 요리점의 최고 지배인과 하녀장을 상대로 부족한 꾀를 짜내며 이야기를 꾸며 대느라 지칠 대로 지쳐 버렸다.

그래도 미노키치가 사부 밑에서 오랫동안 다쓰미야에 드나들던 다다미 장인이라는 것, 최근에도 다쓰미야에서 성실히 일한 점이 주효해서 그럭저럭 사태가 가라앉았다. 미노키치는 안도했다. 다쓰미야의 어느 누구도 고맙다고 말해 주지는 않았지만 전혀 개의치 않았다. 얼른 떠나고 싶어 엉덩이를 들썩거리고 있을 때 잠시 자리를 떴던 하녀장이 조금 전보다 더 날카로운 눈매로 돌아와 안주인이 당신을 만나고 싶어 한다고 말했다.

미노키치는 움찔했다. 만나고 싶지 않지만 그렇게 말해 봐야 소용없었다. 하녀장을 따라 흠칫거리며 안쪽으로 향했다.

하녀장은 다쓰미야 요리점 쪽으로 들어갔다. 가게는 살림집과 복도로 이어져 있었다. 다다미 교체를 위해 여러 해나 드나들었으므로 미노키치도 내부 구조는 파악하고 있었다. 매끄럽게 닦인 복도를 걸어가니 손님이 든 방에서 사람들 목소리가 희미하게 들리고 샤미센 소리와 함께 미노키치가 설듣고 배운 신나이샤미센을 연주하며 부르는 가부키 곡으로, 18세기 중반 쓰루가 신나이鶴賀新内에 의해 정립되었다. 점차 가부키 무대를 떠나 거리와 연회에서도 연주되게 되었으며, 19세기 초에 크게 유행했다 노랫소리가 간간이 새어나오듯 들려왔다. 어느 방에서 노래꾼을 부른 모양이다. 오늘 밤도 다쓰미야는 성황이었다.

복도 끝 작은 방에 도착하자 들어오라는 여성의 목소리에 하녀장이 장지를 열었다. 삼면 칸막이 격자가 설치된 작은 방이다. 한 여성이 격자 안쪽에 앉아 있다. 뾰족한 턱에 하얀 얼굴, 머리를 단단하게 틀어 올린 안주인 오스에였다.

오스에는 하녀장을 물러가게 하고 미노키치에게 격자 너머에 앉으라고 했다. 미노키치가 우물우물 인사하자,

"이야기는 들었습니다"라고 오스에는 딱딱한 투로 말을 꺼냈다. "엉뚱하게 폐를 끼쳐 미안합니다. 미노키치 씨, 길을 잃은 고이치로를 발견한 분이 당신이어서 다행이군요."

카랑카랑한 오스에의 말투가 '길을 잃은'이라는 대목에서 문득 느려졌다. 미노키치는 등줄기가 서늘했다. 뭔가 눈치를 챈 듯하다.

오스에는 오른손에 붓을 들고 장부에 뭔가를 기입하던 듯하다. 책상 위에 커다란 주판도 놓여 있다. 그 알이 어떤 숫자를 이루고 있는지 등을 생각하며 미노키치는 어떻게든 마음을 진정시키려고 애썼지만, 아무래도 흠칫거리고 차분해지지가 않았다.

오스에가 잠깐 동안 말없이 미노키치를 쳐다본다. 미노키치는 기가 죽어 다소곳이 앉아 있었다. 칸막이 격자에 설치된 촛대 위에서 촛불이 지직 지직 연기를 피워 올리는 소리만 들린다.

문득 오스에가 달칵 소리를 내며 오른손에 들었던 붓을 내려놓았다.

"사실을 말씀해 주세요, 미노키치 씨."

"네?"

"저 아이, 길을 잃은 게 아니죠? 가출이라든가, 그런 짓을 하려고 했던 건가요?"

미노키치는 눈길을 가만히 쳐들고 오스에의 표정을 살폈다. 그녀는 붉은 아랫입술을 깨물고 복통이라도 참는 듯한 얼굴을 하고 있었다.

"저 아이, 당신에게 뭘 부탁하려고 갔던 게 아닌가요?" 하고 오스에가 말했다. 낮은 목소리였다. "걱정할 거 없어요. 전에도 있었던 일이니까. 데라코야에는 시대 평민 자녀를 가르치던 서당으로, 상업과 처세에 필요한 실용적인 내용을 가르쳤다 훈장에게 갑자기 돈을 빌려달라고 부탁했답니다. 나중에 일을 해서 꼭 갚겠다고 하면서. 돈은 왜 필요하냐고 묻자 어디 멀리 갈 데가 있다고 했다더군요."

"그게 언제 일입니까?"

"초봄이었나. 그 조금 전에는 시중을 정처 없이 헤매고 다니다가 우리 단골 눈에 띄어, 저희가 깜짝 놀라 데려온 일도 있었고."

몹시 피곤한지 오스에는 한쪽 팔꿈치를 괴고 이마를 받쳤다.

"아무래도 저 아이가 집을 떠나고 싶어 하는 것 같습니다."

미노키치는 말했다. "도련님은 집을 떠나고 싶은 게 아니라 그저 오시나 씨 고향에 가고 싶은 것뿐입니다."

오스에는 고개를 번쩍 들었다. "오시나?"

"예."

어머니는 오시나를 싫어했다고 고이치로는 말했는데. 아차, 괜한 말을 했나.

그러나 오스에는 날카로운 표정을 이내 풀었다. 오히려 금방 소심해진 것처럼 눈초리에서 힘이 빠진다.

"아아, 그거였군요. 역시 오시나였나."

"이 댁에서 하녀로 일하던 처자라고 하더군요. 도련님이 많이 따른 모양입니다."

오스에는 힘없이 고개를 주억거렸다. "내가 너무 바빠서 고이치로를 거의 전적으로 오시나에게 맡기고 있었으니까요."

"오시나 씨는 다른 하녀가 들어오면서 이 가게를 그만둔 건가요?"

"네, 우리 집에서 오래 일했는데—고이치로가 태어난 직후부터였으니까요. 고향집 부친의 허리가 너무 나빠져서 돌봐 줄 일손이 필요하다고 했습니다. 그러니 붙잡을 수도 없었지요. 일을 잘하던 아이여서 저도 퍽 섭섭했습니다만."

"나이는 몇 살이나 되는지요?"

오스에는 먼 데 있는 것을 헤아리는 듯 눈을 가늘게 떴다. "우리 집에 왔을 때가—열여섯 일곱이었나. 그리고 그만둘 때는 서른이 다 되었죠. 그건 왜요?"

"아뇨" 하고 미노키치는 말끝을 흐렸다. 오시나라는 처자는 고이치로에게 어머니이자 누이이자 친구였다. 오시나도 고이치로를 키우며 어른이 되었던 것이다. 그 점을 생각하고 있었다.

"아무래도 고이치로 도련님은 오시나 씨가 못 견디게 보고 싶은 모양입니다."

"하지만, 어쩔 수 없는 일이잖아요."

"고향이 이타바시 역참 쪽이라고 하더군요."

"그래요. 데려다주라는 건가요?"

오스에는 착잡한 목소리로 물었다.

"그럴 여유는 없어요. 무엇보다 어미인 내가 여기 있는데."

"죄송합니다……."

미노키치가 고개를 조아리자 오스에도 다시 고개를 떨어뜨렸다. 촛불만 지직, 지직, 중얼거린다.

잠시 후 오스에가 작은 소리로 물었다. "미노키치 씨, 자녀분은요?"

"딸이 하나 있습니다. 얼마 전에 겨우 출가시켰습니다만."

"그거 축하할 일이군요. 오랫동안 신세를 졌는데 축의를 전혀 해 드리지 못해 미안합니다."

"당치않습니다요."

"부인께서는 오래전에 돌아가셨죠?"

"네, 10년이 됩니다."

"남자 혼자서 딸을 키우시느라 힘드셨겠군요."

그렇게 말하고 오스에는 숨으로 책상을 어루만지듯 긴 한숨을 지었다.

"부모 노릇이, 힘들군요."

"아, 그런가요."

"고이치로는 외아들이지만 실은 그 위로 자식이 하나 있었어요."

처음 듣는 이야기였다.

"태어나 반년도 못 돼 죽었지요. 아들이었습니다. 저도 상인의 딸이라, 상인의 자식이 얼마나 외롭게 크는지 잘 아니까 아무리 장사가 바빠도 내 아들만큼은 내 손으로 키우려고 애썼습니다. 하지만 결국 제대로 건사하지 못해서 저세상으로 보내고 말았어요."

갑작스러운 이야기에 미노키치는 조용히 듣고 있을 수밖에 없었다. 듣다 보니 짚이는 점이 있었다. 고이치로小一郎는 흔히 차남에게 주어지는 이름이기 때문이다.

"그래서 고이치로 때는," 오스에는 다시 한숨을 지었다. "사람을 쓰기로 했던 겁니다. 그랬더니 이번에는 아이가 잘 자랐지만 남의 자식처럼 되어 버렸어요."

"남의 자식이라니요. 고이치로 도련님은 어머니를 싫어하는 게 아닙니다. 다만 오시나 씨를 그리워할 뿐이지요."

"같은 겁니다. 이 점이 부친과 모친의 다른 점이겠지요."

오스에가 쓸쓸히 웃었다.

"지금 가게에 도련님과 친하게 어울릴 만한 점원은 없습니까?"

"글쎄…… 어떨지요. 어른들 틈에서만 자란 탓에 겁을 모르니까 아무하고도 잘 놀고 얘기도 잘 하는 것 같습니다만."

"친구가 생기면 오시나 씨도 차차 잊게 되지 않을까요? 도련님은 남자니까 앞으로 점원과 더 잘 어울릴 수 있을 겁니다."

그때 문득 미노키치는 고이치로의 부친을 잊고 있었다는 생각이 들어, 조금 당황하며 말했다. "제일 좋은 것은 아버지와 친하게 지내는 것이겠지만요."

오스에는 고개를 저었다. "그이는 안 돼요. 아이를 좋아하지 않습니다. 자기 일에만 빠져 있어요."

돈놀이라는 부업도 있으니까.

"주방의 신키치라든지 데다이지배인 밑에서 일하는 고참 점원 마사지로라든지, 그런 점원들과는 종종 이야기를 하는 것 같은데"라고 오스에는 중얼거렸다. "고이치로와 더 가까이 어울려 보라고 부탁해 볼까."

"그게 좋을지 모릅니다."

"그래요…… 여러 가지로 고맙습니다."

오스에는 서랍을 열고 얼마간의 돈을 종이에 싸서 미노키치에게 내밀었다. 그는 사양했지만 오스에가 전혀 물러나지 않으므로 받을 수밖에 없었다.

손에 잡히는 느낌으로도 적지 않은 금액임을 알 수 있었지만 집에 돌아가 종이를 풀어 보니 고쓰부4분의 1냥의 금화와 잔돈이 전부 한 냥어치나 들어 있었다. 미노키치는 크게 놀라는 동시에 짤막하게 웃었다. 이게 목돈이라는 거구나…….

그 후 미노키치는 고이치로가 어떻게 지내는지 걱정하면서도 특별히 소식을 알아보려고 하지는 않고 다쓰미야에 갈 일도 없이 하루하루 담담하게 지내고 있었다.

장마가 시작되어 우울한 비가 계속되었다. 아침에 일을 시작하려고 다다미 바늘을 잡으면 손가락에 물기가 묻어나는 것처럼 느껴지는 계절이다.

그 소동으로부터 보름쯤 지난 어느 날. 장맛비 사이에 잠깐 하늘이 활짝 개어 미노키치는 조금은 개운해진 기분으로 작업장에서 도시락을 먹고 있다가 갑자기 가까운 파수막으로 끌려갔다. 다쓰미야의 고이치로가 납치되어 당장 천 냥을 내놓지 않으면 아이를 죽이겠다는 협박장이 가게 창문으로 날아들었다는 것이다.

"저는 모르는 일인데요."

미노키치는 땀범벅이 되어 침방울을 튀기며 열심히 설명했다. 걱정해서 따라와 준 사부는 사태 전개에 굵은 눈썹을 움찔거리며 당혹스러워할 뿐이었다.

미노키치를 잡아들인 그 지역 오캇피키도, 그의 뒤에 버티고 앉아 있는 도신도 미노키치와 고이치로 사이에 오간 납치 운운하는 이야기를 세세히 알고 있었다. 그래서 미노키치에게 혐의가 걸렸던 것이다.

그러나 미노키치는 고이치로와 나눈 이야기를 아무한테도 말한 적이 없다. 아이의 어머니 오스에에게도 밝히지 않았다.

"나리들은 어디서 이 이야기를 들은 겁니까?"

오캇피키가 도신의 낯을 살피고 나서 대답했다. "다쓰미야 점원들은 다들 알고 있는 얘기다."

"그럼 고이치로 도련님이 말했겠군요. 모두에게가 아니라 누군가 한 사람에게. 그래서 다른 사람들에게 퍼져나갔겠지요."

미노키치는 제 머리를 박살내고픈 심정이었다. 오스에게 점원 가운데 한 명에게 부탁해서 고이치로와 친하게 지내게 하는게 좋을 거라고 조언한 것은 자신이었다. 친구가 되면 순진한 고이치로는 미노키치와 있었던 일을 그다지 심각한 일이라고 생각하지 못하고 그 친구에게 다 털어놓게 되리라는 것을 생각지 못한 게 아닌가.

그렇게 낭패해하다가 문득 머리를 한 대 맞은 듯이 깨달았다. 기억이 났다. 처음 고이치로에게 납치 제안을 들었을 때 자신이 얼마나 놀랐는지를. 아이를 납치해서 팔아넘기지 않고 부모를 협박해서 돈을 우려낸다. 아, 그런 방법도 있었구나, 하고 정말로 놀랐었다.

미노키치니까 그냥 놀라는 정도로 그쳤던 것이다. 그 이야기를 들은 상대방이 만약— 만약 흉악한 마음을 품었다면? 그야말로 구미가 당기는 방법을 배웠다는 듯이 덜컥 물어 버리지 않을까.

—도련님을 납치한 자는 도련님과 이야기하던 요리점 내부 사람이다.

미노키치는 확신했다. 그 생각을 떠올린 순간 식은땀이 줄줄 흘렀다. 여기서 말 한 마디 삐끗하면 큰일 난다. 섣불리 말하다가는 목이 달아난다. 파수막에 잡혀와 고문을 당한 끝에 저지르지도 않은 짓을 자백하고 덴마초에도 막부의 감옥이며 처형장이 있는 곳로 끌려가겠지. 침착해, 침착하게 생각하는 거야.

"—나리, 말씀해 주세요. 고이치로 도련님은 언제 사라진 겁니까?"

이번에도 오캇피키가 대답했다. "어제 해 질 녘부터 보이지 않았네."

"밖에 나갔다가 돌아오지 않았나요?"

오캇피키는 도신의 표정을 힐끗 확인했다. 그러자 도신이 가만히 대답했다.

"그게 묘하단 말이지. 집 안에서 자취를 감추더니 끝내 보이질 않았다. 다들 밤새 찾았지만 행방을 알 수 없었지. 오늘 아침에는 협박장이 날아들었고."

일전의 그 사건 이후 오스에는 신경이 곤두서서 고이치로가 멋대로 외출하지 않도록 출입을 단단히 감시하게 했다고 한다. 데라코야도 쉬게 했다. 고이치로는 혼자서는 뜰에도 나가지 못했을 것이다.

"집 안에서 사라졌다—."

미노키치는 호랑이 아가리에서 빠져나갈 방법을 찾아낸 기분이었다.

"나리, 범인은 요리점 점원들 가운데 한 명입니다."

숨을 헐떡이며 자기 생각을 말하기 시작했다. 고이치로에게 들은 주인의 은밀한 돈놀이 이야기도 남김없이 밝혔다.

"저는 다다미 장인입니다." 하고 미노키치는 가슴을 폈다. "다쓰미야의 다다미도 몇 번이나 교체했습니다. 그래서 그 집의 구조를 잘 알지요. 점원들이 기숙하는 방을 잘 조사해 보십시오. 그 방은 다다미를 쳐들면 바로 흙바닥이 보입니다. 범인은 필시 고이치로 도련님을 어느 방으로 유인해서 손발을 묶고 재갈을 물려서 목소리를 내지 못하게 한 다음 다다미를 쳐들고 그 밑에 숨겼을 겁니다. 소동이 시작되자 방 밑에서 뜰을 통해 밖으로 끌어냈겠지요. 혼란한 틈을 타면 어려운 일도 아닙니다. 집 안을 샅샅이 뒤지고 나면 모두들 밖에만 신경을 쓰며 찾아다니고, 집 안을 다시 뒤져보거나 하지는 않을 테니까요. 그런 짓을 할 수 있는 사람은 집 안에 있는 점원뿐입니다. 물론 외부에도 한패가 있겠지만, 아마 빚에 얽힌 자일 겁니다. 빨리 찾아내지 않으면 고이치로 도련님이 살해되고 맙니다!"

잠시 후 오캇피키가 치켜뜬 의심의 눈초리보다 미노키치가 흘린 식은땀의 양과 튀어나간 침방울의 기세가 승리를 거두었다. 도신은 천천히 일어섰다.

다쓰미야 고이치로가 후카가와 로쿠만쓰보초 너머에, 물길이 바뀌어 쓰이지 못하고 방치된 물방앗간에서 칭칭 묶인 채 굶주림으로 축 늘어져 있다가 구조된 것은 그로부터 2각쯤 지나서였다. 미노키치에게 혐의가 몰린 줄 알고 방심하던 다쓰미야 주방의 신키치가 섣불리 한패와 연락하려 외출했다가 체포된 끝에 이루어진 일이었다.

　상황은 아직 끝나지 않았다.

　납치범 일당은 체포되어 그들이 범행을 계획한 이유와 상황도 대체로 미노키치가 짐작한 대로라는 것이 밝혀졌다. 그러자 불티가 다쓰미야 쪽으로도 튀었다. 허가 없이 돈놀이를 하는 것은 중죄였다. 조사 결과 다쓰미야 주인은 낙도로 귀양을 가게 되고 재산은 몰수되었다. 처에게 쥐여사는 울적함을 풀려고 시작한 돈놀이로 돈은 제법 벌었을지 모르지만, 결과적으로 값비싼 대가를 치르고 말았다.

　다쓰미야는 망했다. 점원들도 뿔뿔이 흩어졌다.

　사건의 전말을 미노키치는 조마조마한 마음으로 지켜보았다. 마침내 안도할 수 있었던 것은 오스에와 고이치로가 새로운 곳에 정착해서 단란하게 지낸다는 풍문을 들었을 때였다. 오스에는 뜻밖에 후련해 하는 모습이고, 열심히 일해서 다시 요리점을 내겠다고 단단히 결심했다고 한다. 원래 쉽게 기가 꺾이는 여자가 아닌 것이다.

　그래도 미노키치가 고이치로를 만날 수는 없었다. 당분간은 힘들겠지. 미노키치는 고이치로의 목숨을 구했지만, 그 때문에 집안이 망하고 부친은 멀리 보내지고 말았다. 고이치로가 그 결과를 어떻게 생각하고 있는지, 오스에가 뭐라고 말하고 있는지 미노키치는 아무리 생각해도 알 수 없었다.

요즘 미노키치는 딸 오시마를 걱정하면서 고이치로 생각도 하고 있다. 그리하여 오시나가 잘했다는 종이접기를 종종 해 보곤 한다. 종이학을 벌써 많이 접었다. 올해가 끝날 즈음에는 아마 천 마리가 되어 있을 것이다.

도　피

고민 끝에 신변 보호를 부탁하기로 결심하기까지 가스케는 세 번이나 칼에 찔려 죽었다. 세 번 다 꿈속의 일이지만, 땀에 푹 젖어 화들짝 놀라 깨어나기 직전, 베인 자리를 꽉 누른 손바닥에 느껴지는 피는 도저히 꿈이라고 생각할 수 없을 정도로 생생한 감촉이었다. 식욕이 뚝 떨어졌지만 먹지 않으면 못 버틴다는 생각에 아침밥을 꾸역꾸역 집어넣다가도 젓가락을 쥔 손에 문득 그 감촉이 되살아나 부르르 몸서리를 쳤다.

오코는 가스케보다 더 겁에 질려 있어 남편의 결심에 두말없이 찬성했다. 이제 그녀에게 급한 문제는 호위꾼을 고용하려면 돈이 얼마나 들까 하는 걱정뿐이었다. 누구를 고용할지는 벌써 정해져 있었다. 같은 나가야의 맨 끝 방에 사는 고자카이 마타시로가 그 사람이다.

"고자카이 님이라면 헐값이라도 하겠다고 하실 거유"라고 오코는 말했다. "빼빼 말라도 사무라이라면 우산에 종이 바르는 일보다 호위꾼이 더 보람 있는 일이니께. 비싸게 굴지는 않을 거예요."

"하지만 그런 나리가 검술은 어떨지."

고자카이 마타시로는 낭인이 된 지 오래다. 가스케와 오코의 외동딸 오몬이 올해 여섯 살인데, 마타시로가 이 나가야에 이사 온 것은 오몬이 기저귀를 차고 있을 무렵이었다. 그때부터 우산살에 종이 바르는 일을 했던 그가 왕년에 상당한 고수였다 해도 검술이 많이 무뎌지지 않았을까. 나이를 봐도 가스케보다는 젊지만 마흔은 넘었을 텐데.

"칼도 진작에 팔아 먹고 대나무칼을 꽂고 다니는지도 모르지."

가스케가 우물거리는 목소리로 불신을 표하자 오코가 거친 손을 격하게 휘두르며,

"그건 아무럼 상관없어요" 하고 단정했다. "칼을 찬 사무라이가 옆에 있다는 게 중요하니까. 힘 센 조닌이 몽둥이 들고 서 있는 것보다 비실비실하더라도 사무라이가 칼을 차고 서 있는 게 더 세 보이는 거유. 정말이라니께."

"하지만 대나무칼로는……."

"뽑아들기 전에는 대나무칼인지 신검인지 누가 알겠수."

가스케로서는 누가 알겠느냐는 말로 넘어갈 수 있는 이야기가

아니었다. 남편 목숨은 지키고 싶지만 그 대가는 최대한 싸게 치르고 싶다는 오코의 생각은 중요한 출발점부터 그릇되었다는 느낌을 금할 수 없었다.

"말 꺼내기가 어렵다면 내가 대신 얘기해 줄까유. 무서운 나리도 아니고 허물없는 사람입디다."

고자카이 마타시로가 허물없는 사람이라는 것은 가스케도 잘 안다. 그래서 썩 내키질 않는 것이다. 일하러 나가는 가스케에게 우물가에서 훈도시를 빨래하다가 "어이, 오늘도 애쓰게" 하고 알은체하는 낭인인데 호위꾼으로 의지하고픈 마음이 들겠는가.

"아무튼 나한테 맡기소."

오코는 거침없이 말하고, 당신은 어서 일하러 가야지, 하며 등을 떠밀다시피 내보냈다. 가스케는 온기가 남아 있는 도시락을 허리에 매달고 터벅터벅 나서는 수밖에 없었다. 오코와 고자카이의 흥정이 잘되길 바라는지 틀어지기를 바라는지 자신도 알 수 없었다.

한데 그날 밤 가스케가 평소처럼 해시 종소리를 들으며 가게 문을 닫고 오린에게 인사한 뒤에 요리점 오기야의 통용문을 통해 밖으로 나서자 메마르고 빈약한 남천나무 그늘에 고자카이 마타시로가 멀거니 서 있었다.

가스케는 깜짝 놀라 펄쩍 뛰어서 물러섰다. 고자카이는 불을 켜지 않은 등롱을 왼손에 든 채 오른손을 입에 대며 한바탕 하품을 하는 참이어서 "아악~스케"라는 식으로 불렀다.

"고자카이 나리."

"집에 가자고, 가스케" 하고 고자카이 마타시로는 말했다. "자네 처 부탁으로 데리러 왔네."

그럼 호위꾼 이야기가 잘 마무리된 건가.

"정말 부탁을 드려도 괜찮을는지요?"

"음. 돈이라면, 이미 받았네." 고자카이는 수척하고 밋밋한 가슴을 두드려 보였다. "별로 많지는 않지만 나한테는 요긴한 돈이지."

그러므로 확실하게 지켜주겠다는 표정이었다.

"여기서 불을 빌릴 수 없을까?" 하며 그는 오기야 쪽을 돌아다보았다. "자네를 기다리는 동안은 등롱불을 켜면 안 된다고 자네 처가 신신당부하더군. 촛불도 자네가 부담하는 거라면서. 공연히 낭비하면 안 되지."

오코는 이렇게 시시콜콜 인색하게 군다.

"불이라면 제가 붙이죠" 하고 가스케가 말했다. "나리, 저와 함께 돌아가시는 건가요?"

"암. 그걸 바라는 거 아닌가?"

아이를 바래다주는 것도 아니고, 이래서는 의미가 없다. 가스케가 한숨을 지었다.

"오코가 뭐라고 말씀드렸는지 모르지만 제가 지금 목숨이 위태롭습니다."

고자카이는 머리를 북북 긁었다. "음, 그렇다고 하더군."

"나리가 함께해 주시면 물론 공격당하는 일은 없겠지만, 그렇게 해서는 앞으로 평생 나리와 같이 다녀야 합니다. 제가 원하는 것은 나리께서 눈에 안 띄게 저를 따라오시다가 혹시 제가 공격을 당하면 재빨리 달려와 주시는 겁니다. 그래서 공격한 놈을 베어 죽이는—."

가스케는 고자카이 얼굴과 그가 허리에 찬 칼의 낡은 자루를 힐끗 견주어 보았다. 고자카이는 여전히 시치미 뗀 얼굴을 하고 있다.

"데까지는 아니더라도 다시는 저를 해치지 못하도록 따끔하게 응징해 주셨으면 하는 거죠."

"아, 그런 거였나." 고자카이는 턱을 문질렀다. 날은 어두워도 덥수룩한 수염이 도드라져 보인다. "그렇다면 오코의 얘기와 다르군."

역시.

"오코가 제대로 설명드리지 않은 것 같군요."

"자네가 손님과 시비가 붙어 협박을 당하고 있다. 밤길에 변을 당할지 모른다. 그래서 호위꾼이 필요하다. 뭐 길어 봐야 열흘쯤 남편과 밤길에 동행해 주면 상대방도 화가 삭아서 체념할 거라는 이야기였네."

열흘이라니, 오코가 또 안이하게 생각한 것이다. 대체 하루에 얼마를 주기로 약속했을까.

"상황이 그리 간단하질 않습니다."

고자카이는 한손에 든 등롱을 흔들어 보이며 "흠" 하고 태평한 소리를 냈다.

"아무튼 오늘 밤은 같이 돌아가지. 우연히 만난 척하면 되잖나. 그럼 오늘은 무사하겠지. 집으로 걸어가는 동안 사정을 얘기해 주겠나?"

하는 수 없다. 잇몸까지 시린 2월 밤바람을 깨물며 가스케는 저간의 사정을 설명하기 시작했다.

애초에 말썽의 발단은 작년 말, 오기야 주인 도쿠베에가 중풍으로 쓰러져 움직이지 못하게 된 것이었다.

주점 오기야는 신오오하시 다리 밑의 벼창고흉년을 대비한 구휼미로서 대량의 벼를 보관하던 창고 옆 후카가와 모토마치에 있다. 점심때는 식사도 제공하며, 주인 도쿠베에와 처 오린이 운영하는 제법 잘되는 가게였다.

주방은 도쿠베에가 혼자 담당했다. 올해 서른다섯의 중년인 오린은 게이샤 출신답게 요염한 부인으로, 손님 접대는 잘했지만 무 하나 잘라 본 적이 없었다. 당연히 도쿠베에가 병으로 드러눕자 그날로 주점을 유지할 수 없게 되었다.

"그래서 제가 졸지에 나서게 된 겁니다."

가스케는 본래 니혼바시 니시카시초에 있는 '히사고야'라는 음식점에서 소리사로 일해 왔다. 어린 나이에 이곳 주방에 고용되어 잔심부름과 청소를 하면서 주방 일을 배워 마침내 어엿한 조리사가 되었다. 강변 어시장과 청과물시장도 엎어지면 코 닿을 데였고, 음식점치고는 보기 드물게 점포 폭이 두 칸상가에 대한 세금은 점포의 폭으로 결정되었으므로 대부분의 상점은 세금 절감을 위해 폭을 한 칸으로 하되 종심을 깊게 하는 편법을 썼다에 2층 건물을 가진 히사고야는 출퇴근하는 조리사를 네 명이나 둔 큰살림이었다. 식당은 잘되었고 재정도 안정적이어서 가스케는 평생 이곳에서 조리사로 일하면 되겠다고 마음먹고 성실하게 일해 왔다.

그 히사고야의 주인이 오기야 도쿠베에와 오랜 지인이었다. 오기야가 곤경에 처하자 그냥 지켜보고만 있을 수 없다며, 최소한 도쿠베에의 병상이 밝혀져서 가게를 계속 꾸릴 수 있을지 없을지 분명해질 때까지만이라도 자기 가게의 조리사를 한 명 빌려주면 어떻겠냐고 오린에게 제안했다.

"아하, 그래서 자네가 뽑힌 건가."

북풍에 흔들리는 등롱을 들고서 고자카이가 말했다. 두 사람은 사루코바시 다리를 건너 왼편으로 미나미록켄보리초를, 오른편으로 이노우에 가와치 태수 저택의 담장을 보며 걷고 있었다. 그 전방의 도미카와초에서 오른쪽으로 꺾어져 오나기가와 운하를 만나는 지점까지는 오른편에 내내 무가 저택의 담장만 이어진다. 그래서 도로는 널찍하지만 어딘지 음산하다. 뒤에서 누가 갑자기 튀어나와 견고하고 차디찬 담으로 가스케를 밀어붙이고 비수로 찔러 버리면 그걸로 끝장일 것이다. 가스케는 연방 어깨 너머로 뒤를 돌아보며 걸음을 서둘렀다.

"히사고야 주인은 제 은인이고, 도우러 가는 것이라고 해도 선술집 하나를 책임지는 일을 맡겨 주었으니까 처음에는 고맙게 생각했습니다."

게다가 후카가와 모토마치는 가스케가 사는 야나기와라초 3가의 나가야에서 니혼바시로 가는 길의 중간쯤에 있다. 추운 겨우내 통근 거리가 짧아지는 것도, 쪼잔한 말이지만 올해 마흔다섯이 되는 가스케로서는 반가운 일이었다. 가스케는 반갑게 수락하고 연초에 소나무장식을 치우기 무섭게 오기야로 통근하게 되었다.

"안주인 오린 씨는 기는 조금 드세지만 상당한 미녀인데" 하며 가스케는 아내 앞에서는 하지 못한 말을 했다. "사정이 사정인지라 저를 믿고 잘 대해 주었고 주방일도 어렵지 않아서 처음 열흘 정도는 정말 즐겁게 일했습니다만."

알고 보니 그곳에 엉뚱한 함정이 있었다.

"오기야 단골 중에 유키치라는 젊은 사내가 있습니다."

나이는 스물대여섯쯤 되었을까. 피부가 희고 매끈한 미남이며, 언변 좋고 술 잘 마시고 돈 씀씀이도 좋아서 오기야의 귀한 손님 가운데 하나였다.

"손이 고운 걸 보면 건실하게 먹고사는 자는 아니구나, 하고 처음 봤을 때부터 짐작은 했습니다. 뭐 놀음판에나 드나들며 건들거리는 한량이겠지요."

이 유키치가 안주인 오린에게 눈독을 들이며 혼자 열을 올리고 있는 듯했다.

"오린 씨에게 물어보니 몇 번 유혹을 받긴 했는데 자기는 유부녀이고 그 남자는 취향도 아니라고 했습니다. 어디까지나 중요한 단골이니까 기분 좋으라고 한두 마디 애교를 떨었을 뿐 틈을 보인 기억은 없다는 겁니다. 하지만 놈은 몸이 달아올라, 마음만 있으면 당장이라도 오린 씨를 차지할 수 있다고 믿는 듯했습니다."

그러던 차에 남편 도쿠베에가 쓰러졌다. 유키치는 이때라는 듯이 군침을 흘리며 오기야에 찾아왔다.

"그런데 거기 푸르죽죽한 자네 얼굴이 있더라는 얘긴가" 하고 고자카이가 웃으며 말했다.

"푸르죽죽은 좀 심하시네."

피이휴, 하고 신음하는 북풍에 가스케가 목을 움츠렸다. 그는 솜옷을 껴입고 목도리를 둘렀지만 고자카이는 달랑 겹옷 하나뿐이다. 소매가 바람에 펄럭인다. 바들바들 떨겠구나, 하며 올려다보니 키다리 낭인은 고개를 돌리며 요란하게 재채기를 했다.

"그럼 그 유키치가 자네를 노리고 있나?" 코를 킁킁거리며 고자카이가 말했다. "요컨대 욕정에 후끈 달아오른 사내가 질투에 눈이 멀어 자네 목숨을 노리고 있다는 거로군."

"그런 거죠." 가스케가 힘없이 고개를 끄덕였다.

마침내 귀로를 절반 넘게 걸었다. 이제 곧 도미카와초이다. 이곳은 양옆과 앞쪽이 무가 저택의 높은 담장에 막혀 있어서 정말 무섭다. 그래서 어제 저녁은 굳이 기타모리시타초 쪽으로 멀리

우회하여 상가 가운데를 지나갔을 정도이다.

초승달이 뜬 캄캄한 밤, 너무 추워 도저히 가만있을 수 없다는 듯 별들만 바쁘게 깜빡거린다. 가스케는 목도리를 고쳐 감았다.

"유키치가 자네를 노골적으로 위협하던가?" 하고 고자카이가 물었다.

"네. 오기야에서 처음 만난 것이 1월 스무날쯤이었나. 그날은 이글거리는 눈초리로 저를 노려보며 술만 마셨지만, 이튿날 밤 제가 퇴근할 때는 통용문에서 기다리고 있다가 '목숨이 아까우면 오린 옆에서 꺼져. 이제 이 가게에 얼씬거리지도 마라, 알겠냐?' 하고 협박하며 품에서 비수를 슬쩍 내비치더군요. 저는 그저 히사고야 주인의 부탁으로 이 가게를 도우러 오는 것뿐이라고 열심히 설명했습니다만. 전혀 믿질 않았습니다."

"협박은 그때뿐이었나?"

"천만에요. 그 뒤 제가 뻔히 알 수 있게 밤길을 졸졸 따라온 것이— 그래요, 열 번도 넘습니다. 그러다가 그젯밤에는—,"

생각만 해도 온몸이 오그라든다.

"저기 앞쪽 후카가와 모토마치의 어느 집 뒤에서 불쑥 튀어나와 저를 찌르려고 했습니다."

그 뒤로 가스케는 칼에 찔려 죽는 꿈을 꾸고 있다는 것이다.

고자카이는 놀라는 기색도 없다. "용케 피했군?"

"저도 필사적이었으니까요."

"자네가 피하자 더 이상 쫓아오지 않던가?"

"마침 길 저쪽에서 야경이 오고 있었거든요. 그 야경만 아니었으면 저는 죽었을 겁니다."

고자카이는 북풍에 흔들리는 등롱을 다스리며 "그거 다행이군" 하고 중얼거렸다.

그러는 사이에 두 사람은 신타카바시 다리 밑에 다다랐다. 여기서 왼쪽으로 꺾어지면 후카가와 니시마치이다.

"어젯밤에는 차마 여길 지나갈 수 없었습니다."

가스케는 자신도 의식하지 못하는 사이에 고자카이에게 바짝 다가서며 중얼거렸다.

"그렇겠지. 그럼 히사고야 주인에게 상황을 설명하고 오기야에서 손을 뗄 생각은 해 보지 않았나?"

"그건 너무 죄송해서요."

"충직하군."

"제가 지금 주방 일을 하며 처자식을 부양하고 사는 것도 히사고야 주인 덕분이니까요."

"소용없겠지만, 오린에게 얘기해서 유키치를 좀 말려 달라고 하지는 않았나?"

"오린 씨도 유키치를 무서워해서 그건 안 됩니다. 제발 그만두지 말아 달라고 저에게 울면서 부탁했지요."

"오린은 자기 돈으로 자네에게 호위꾼을 고용하겠다는 말은 하지 않던가?"

"그런 건 생각도 못했을 겁니다. 남편 치료하느라 치료비와 약값에 돈도 많이 들고, 그 사람은 여자라서."

"자네 처 오코도 여자야."

"나리는 처를 가져 본 적이 없습니까? 있다면 그런 말씀은 하지 않으실 텐데."

고자카이의 내력은 전혀 알려져 있지 않다. 가스케가 사는 나가야의 관리인은 원칙이 분명한 사람이라 확실한 보증인이 없는 세입자는 받지 않았다. 그런 관리인이 인정했으니 고자카이도 그리 수상쩍은 사람은 아닐 테지만, 고케닌이었는지 아니면 어느 번의 번사였는지, 무슨 일로 직을 잃었는지 등 나가야 주민들 사이에 풍문 하나 돌지 않았다.

풍채만 보자면 태어날 때부터 낭인이었을 것 같은 고자카이지만, 예전에 어떻게 살았는지 물어본 건 이번이 처음이다. 아무래도 신경이 예민해진 탓이다.

"죄송합니다, 제가 괜한 소리를 했군요."

"아니 뭐 괜찮네." 고자카이는 부르르 몸을 떨었다. "그나저나 되게 춥네. 오코가 술 한잔 주지 않을까?"

"좋지요. 저도 한잔 마시고 싶네요."

후카가와 니시마치와 그 너머 기쿠가와초 4가를 가르는 좁은 길로 접어들자 오른쪽의 운하를 건너 불어오는 바람에 등롱이 더 크게 흔들렸다. 그때 고자카이가 걸음을 멈췄다.

"왜요?"

가스케가 두려움을 드러냈다. 고자카이는 태연하게 등롱을 그

대로 쳐들어 앞쪽을 가리켰다.

"누가 쓰러져 있군."

가스케는 가만히 살펴보았다. 과연 길 앞쪽의 상가 문 앞에 커다란 대야를 기대어 놓았는데, 그 그늘에 사람 머리 같은 것이 보였다.

"나리……."

몸이 얼어 버린 가스케를 곁눈으로 보며 고자카이가 저벅저벅 그쪽으로 걸어갔다. 등롱을 한손에 든 채 무릎을 꿇고 앉아 쓰러져 있는 사람의 목덜미 쪽을 살폈다. 북풍의 한기에 눈물이 나오는 것을 느끼며 가스케는 그쪽을 지켜보고 있었다.

"어떤가요?"

"죽었군."

고자카이가 대답하는 순간 가스케 뒤에서 엉뚱하게 커다란 목소리가 들렸다.

"아, 살인이다! 살인이다!"

가스케는 놀라서 뒤를 돌아다보았다. 달빛도 없는 캄캄한 밤에 불빛이라고는 고자카이가 들고 있는 등롱뿐이다. 게다가 한 칸도 안 되는 거리에 있는 그 남자는 손으로 얼굴을 가리고 있었다. 돌아다본 가스케로부터 뒷걸음질 치듯이 뒤로 펄쩍 물러나며 "살인이다!"라고 소리치고 쏜살같이 달려서 금세 모퉁이를 돌아 자취를 감추었다.

"살인…… 그런 거 아니오!"

얼른 그렇게 외쳐 보았지만 쓸데없는 짓 같았다.

너무 추워서 힘들긴 하지만, 도망치면 도리어 의심을 살 거라며 고자카이는 그 자리에서 사체를 지켰다. 곧 근처 주민들이 뛰어나오고 가까운 파수막에서도 사람들이 달려오고 그 지역 오캇피도 달려와 소동은 한층 커졌다. 듣자 하니 아까 그 사내가 파수막에 달려간 것 같았다.

"당연히 그래야지" 하며 고자카이는 품에 양손을 찔러 넣은 채 차분하게 말했다. 사체를 확인하고 그 가슴에 낡은 비수가 꽂혀 있는 것을 발견했을 때도, 오호, 역시, 하며 중얼거릴 뿐 태연한 모습이었다. 머릿속이 온통 뒤집혀 버린 가스케하고는 딴판이었다.

처음부터 범인 취급을 당한 것은 아니지만 고자카이와 가스케는 얌전히 파수막으로 연행되었다. 두 사람을 데려가는 오캇피키는 몹시 험악한 얼굴을 하고 있었다. 가스케가 횡설수설하자 고자카이가 질문에 응했다. 낭인이라고 해도 사무라이이므로 오캇피키도 함부로 윽박지르지 못하고 정중하게 설명을 들어 주었다.

"나리와 같이 있길 잘했네요" 하고 가스케가 말했다. 고자카이는 고개를 끄덕이고,

"자네가 지금 생각하는 것 이상으로 다행일 거야"라는 수수께끼 같은 말을 했다.

죽은 사람은 무코지마에서 일수를 놓는 시마야 아키베에라는

노인이었다. 무코지마 사람이 이 시각에 기쿠가와초를 어슬렁거렸던 것은 이곳에 젊은 첩이 있어서이며, 그녀와 저녁 시간을 보낸 뒤 돌아가는 길에 변을 당한 듯했다. 품에서 지갑이 사라졌고 허리에 차는 은 곰방대도 없어졌다. 그러나 비수로 가슴을 딱 한 번 찔러서 죽인 것은 노상강도치고는 매우 거친 수법이다.

이렇게 보면 무서운 사건이지만 가스케로서는 남의 일이었다. 그런데 일이 이상하게 꼬인 것은 범행에 사용된 비수가 가스케 것이 아니냐고 오캇피키가 묘하게 모호한 투로 물으면서였다.

"제 거냐고요?"

가스케로서는 황당할 뿐이었다.

"저는 아예 비수가 없는데요."

"정말이오?"

이 오캇피키는 얼마 전 가독을 상속하여 전임 오캇피키의 구역을 물려받은 젊은이였다. 오캇피키는 가스케에게는 인연이 먼 존재였지만, 이 젊은 오캇피키라면 나가야 관리인 집에 드나드는 것을 한두 번 본 적이 있다. 젊은 오캇피키가 "히사고야는 그만두었소?"라고 묻기도 했으니 상대방 역시 가스케가 어디 사는 누구인지 알고 있는 모양이었다.

"저한테는 비수가 필요 없거든요. 식칼만 있으면 되니까."

뻔뻔한 건지 태평한 건지 파수꾼에게 차를 부탁해서 마시고 있던 고자카이가,

"누가 그 얘기를 했는지 내가 알아맞혀 볼까, 대장?" 하고 끼어

들었다.

젊은 오캇피키는 고자카이를 쳐다보며 웃었다. "호오, 아시겠습니까?"

"짐작이 가네. 오기야 안주인 오린이겠지."

가스케는 기겁했다. 젊은 오캇피키의 미소가 커졌다.

"맞습니다. 그냥 지나가는 중이었다는 나리와 가스케 씨의 말을 확인해 보려고 오기야에 찾아가서 물어보았는데, 안주인이 그러더군요. 살인에 쓰인 비수가 어떻게 생긴 비수죠? 가스케 씨가 요새 비수를 품고 다니더라고요, 라고."

"왜 그런 엉뚱한 소리를." 가스케가 큰 소리로 말하며 엉거주춤 일어섰다. "오린 씨가 그런 거짓말을 할 리 없는데."

"당신은 오린에게 열을 올리고 있는 유키치라는 단골한테 협박을 당했다죠? 그래서 만일을 위해 비수를 품고 다니게 되었다고 오린이 말하더군요."

고자카이가 입만 뻥끗거리며 말을 못하는 가스케를 향해,

"자네, 함정에 빠졌군" 하며 차를 꿀꺽 마셨다. "아니, 정확히 말하면 함정에 빠질 뻔했지. 나를 고용하길 정말 다행이야."

사람을 우습게 보고, 내가 그렇게 바보는 아니지, 라고 말하며 젊은 오캇피키는 조사 작업을 빠르게 진행했다. 진상이 밝혀질 때까지 가스케는 집 안에 틀어박혀 있었는데, 젊은 오캇피키가 찾아와 쓴웃음을 지으며 진상을 설명해 줄 때까지 사건 발생으로

부터 나흘밖에 걸리지 않았으니 대단한 추진력이었다.

"오린과 유키치는 정말로 정을 통했던 거요" 하고 젊은 오캇피키는 말했다. "유키치는 살해된 일수쟁이 아키베에에게 이것저것 해서 50냥이나 되는 빚을 지고 있었소. 아마 노름으로 날렸겠지. 그 빚을 없애려고 오린과 짜고 한판 연극을 벌인 거요."

유키치가 오린을 짝사랑하는 척하며 가스케에게 시비를 건다. 그렇게 해 두고 아키베에가 첩을 만나러 오는 날을 골라, 돌아가는 길에 찔러 죽이고 일부러 비수를 남겨 둔다. 이후 사체를 가스케의 눈에 띄게 하고 소동이 일어났을 때 오린이 나서서 "그건 가스케 씨의 비수입니다. 늘 지니고 있었어요. 유키치에게 협박을 받고 있었으니까"라고 넉살좋게 거짓 진술을 한다는 것이다.

사체를 발견한 가스케 일행을 보고 "어, 살인이다!"라고 소리치며 파수막으로 달려간 사내도 물론 유키치와 오린의 일당이다. 젊은 오캇피키가 조사한 바에 따르면 아무래도 유키치의 노름판 동료인 듯하다.

이 사내의 역할은 먼저 가스케가 아키베에의 사체를 발견했을 때 살인이 일어났다고 외치며 파수막으로 달려가는 것. 그다음은 나중에 관에서 조사할 때,

"네, 그 가스케란 자가 그 사람을 찌르는 장면을 제가 보았습니다"라고 거짓 진술을 하는 것. "품을 뒤져 돈을 빼앗는 것도 보았습니다"라는 진술도 예정되어 있었을 것이다.

유들유들한 거짓말쟁이한테는 그리 어려운 역할도 아니다.

다만 가스케에게는 잘된 일이고 오린과 유키치에게는 불행하게도, 이자의 머릿속은 달밤의 게처럼 든 것이 별로 없었다달빛 환한 밤이면 게는 달빛이 두려워 먹이활동을 하지 않아 속살이 부실하다는 설이 있어, 흔히 실속 없는 것을 뜻한다. 이 계획은 가스케가 현장을 혼자 지나가야 하며 달리 증인이 없어야 성립하는 것인데, 가스케가 고자카이와 함께 있는데도 생각 없이 각본대로 소동을 피워 버린 덕분에 계획이 묘하게 꼬이고 허점이 드러나 버렸다.

"아아, 정말이지 고자카이 나리께 부탁하길 잘했네요."

가스케는 새삼 가슴을 쓸어내렸다.

"나리는 이걸 뻔히 내다보셨기 때문에 그때 저에게 그렇게 말씀하셨군요."

가스케가 크게 감동하자 젊은 오캇피키는 흥, 하고 코웃음을 치고,

"당신이 혼자 걷고 있었다고 해도 나는 이 엉성한 계략에 말려들지 않았을 거요. 당신이 설사 비수를 품고 다녔다고 해도 성실한 조리사가 왜 갑자기 노상강도 짓을 해서 아키베에를 죽여야 하지? 이유가 없잖소. 유키치는 자기가 빚에 쪼들려 궁지에 몰리니까 남들도 다 자기처럼 돈에 환장한 것처럼 보였던 거지."

"아하⋯⋯."

"게다가 당신도 그랬잖소. '나한테는 비수가 필요 없다'고, 식칼이 있다면서. 조리사라면 당연히 그렇지. 무기가 필요하더라도 손에 익은 연장을 쓰지 않겠소? 어리석은 오린은 조리사 남편을

두고도 그런 생각을 못했던 거지."

오캇피키가 의기양양하게 돌아가자 가스케는 술을 5홉 정도 사서 고자카이의 집으로 들고 갔다. 오늘도 우산살에 종이를 붙이느라 여념이 없던 고자카이는 반갑게 웃으며 술병을 환영했다.

"머리 좋고 젊은 오캇피키가 있어서 다행이었네" 하며 얼른 이 빠진 찻잔을 꺼내 오며 말했다.

"하지만 나리가 더 일찍 그 음모를 알아차렸잖습니까."

"흠" 하고 고자카이는 고개를 살짝 갸우뚱하며 말했다. "그날 걸어오면서 자네가 그런 이야기를 했기 때문이지."

"그게 뭔데요?"

"유키치가 자네를 말로만 위협할 뿐 진짜로 공격한 적은 없었다고 했잖아" 하고 고자카이는 말했다. "저번에 후카가와 니시마치에서 비수를 휘두를 때도 자네가 도망치자 굳이 쫓아오지는 않았다고 했지? 말하자면 흉내만 낸 거지. 사실 놈은 그날 밤 첩을 만나러 오는 아키베에를 기다리고 있었던 거니까 자네를 쫓아가지 않았던 것인지도 몰라. 하지만 놈이 정말로 비수로 자네를 협박할 만큼 오린에게 열을 올리고 있었다면 한 달 보름 전부터 지금까지 한 번도 자네를 해치지 않고 내버려둘 리가 없지 않겠나. 광기에 빠져서 금방 공격했을 거야."

가스케로서는 신음소리만 낼 뿐이다.

"그런 거였나요."

"그런 거였네." 고자카이는 뭔가 생각에 잠긴 얼굴로 고개를 끄덕였다. "내가 이래 봬도 광기에 빠진 자에 대해서라면 일가견이 있지."

그로부터 보름쯤 지났을 때였다. 고자카이 마타시로가 나가야에서 홀연히 자취를 감추었다. 하룻밤 새 깨끗하게 자취를 감춘 것이다.

가스케도 오코도 매우 놀랐다. 고지식한 관리인은 뜬소문을 몹시 싫어하고 세입자의 신상에 대하여 함부로 말하는 일이 없었다. 그걸 잘 알면서도 관리인을 찾아가 고자카이 나리가 어떻게 된 거냐고 캐묻지 않을 수 없었다.

관리인은 곶감처럼 쪼글쪼글한 얼굴을 더욱 일그러뜨리며 잠시 생각에 잠겼다가,

"나리도 자네 부부에게는 잘 말해 달라고 하셨네" 하고 목소리를 낮추더니 다른 사람들에게 절대 말하지 말라고 다짐을 놓은 다음 이야기를 해 주었다.

"실은 그 나리는 쫓기는 몸이야."

"쫓겨요?"

"그래. 사사로운 원한은 아냐. 개인적인 복수는 오래전에 법으로 금지되었으니까. 주군의 명령이 있었대. 그러니까 고자카이를 없애라는 명령으로 옛 동료들이 찾아다니고 있지."

관리인은 어느 번인지는 밝히지 않았다.

"고자카이 나리는 8년 전까지 어느 번의 에도 번저에서 고위직

으로 일하고 있었네. 지체 높은 분이었지. 그런데 고자카이 나리가 얼마나 믿음직스러웠는지 주군의 부인이 무슨 일에나 고자카이, 고자카이 하니까 주군이 시샘을 했대. 쉽게 말해서 아내가 고자카이와 은밀히 정을 통하는 게 아닌가 의심한 것이지."

관리인은 들고 있던 곰방대를 화난 것처럼 휘둘렀다.

"그 주군이 본래 그런 기질을 타고난 사람이래. 광기의 피를 물려받았다고나 할까. 상대가 귀엽다 싶으면 질리도록 귀여워하고 일단 밉다 싶으면 금세 목을 날릴 정도로 미워하는 그런 사람이야. 해서 목숨이 위태로워지자 고자카이 나리는 하는 수 없이 도망쳤지. 주군의 부인은 친정으로 쫓겨 가고 고자카이 나리는 탈번해서 낭인이 된 거야."

가스케는 고자카이가 '광기에 빠진 자에 대해서라면 일가견이 있지'라고 말할 때의 그 종잡을 수 없는 눈빛을 떠올렸다.

"하지만 번 내부에서도 주군의 광기를 걱정하는 사람은 많아. 특히 세자가 그런 부친을 빨리 은퇴시키고 스스로 주군에 오르는 것이 가문의 안정에도 도움이 되겠다 생각하고 열심히 손을 쓰고 있다더군. 세자와 그 측근들은 고자카이처럼 유능한 사람을 근거도 없이 숙청할 수는 없다며 지금까지 은밀히 보호해 주고 있었던 모양이야. 주군을 은퇴시킬 때까지만 견디라고 고자카이 나리께도 약속했다지. 그래서 고자카이 나리도 에도를 뜨지 않고 숨어 살고 있었던 거야."

"……그런 사정이 있었군요."

"그래. 그런데 이번 사건으로 고자카이 나리의 이름이 알려지고 말았어. 마치 시내 상공업자와 그 고용인들이 사는 구역에서 일어난 사건이니 걱정할 일은 없겠지만, 만에 하나라는 것이 있으니까. 아무리 세자가 보호해 주고 있어도 현 주군과 그 측근들은 여전히 고자카이 나리를 추적하고 있어. 확실한 안전을 위해 은신처를 바꾸는 게 좋겠다고 해서 이사한 거야."

가스케는 말없이 고개를 숙였다. 나리에게 호위를 부탁한 덕분에 살았지만 나리에게 크나큰 해를 끼치고 말았다.

고자카이가 갑자기 떠난 탓에 나가야 방 안에는 이런저런 물건들이 그대로 남아 있었다. 변변한 가구는 없지만 부업으로 만들던 우산을 우산 가게에 전하지 못하고 방 안에 그대로 두고 갔다. 뒷일은 관리인에게 맡겼다고 하므로 가스케도 관리인을 도와 그것들을 우산 가게로 가져다주기로 했다.

관리인과 함께 나서려고 하는데 젊은 무사가 찾아왔다. 누가 봐도 근번 무사에도 막부 직속이 아닌 번 소속의 무사다운 후줄근한 옷에다 말투에도 사투리가 살짝 섞여 있었다. 그가 작은 소리로 정중하게 관리인을 불렀다.

관리인이 잠시 그 무사와 머리를 맞대고 소곤거렸다. 그 모습으로 보건대 젊은 무사는 추격하는 쪽이 아니라 고자카이를 보호하는 쪽인 듯했다. 그의 턱없이 진지한 얼굴을 보자 가스케는 가슴에 치받히는 감정에 그만 예민한 질문을 하고 말았다.

"고자카이 나리는 복귀하시게 될까요?"

관리인이 화난 얼굴로 노려보고 젊은 무사는 눈을 꿈뻑거리며 가스케를 쳐다보았다. 하지만 이내 미소를 지으며,

"조만간 틀림없이 그렇게 된다"라고 대답했다.

"우리 번에 없어서는 안 되는 분이시니까."

가스케는 이내 속이 뚫리는 기분이었다.

"정말 다행입니다. 기회가 되시면 가스케가 정말 감사드리고 있더라고 전해 주십시오. 나리께 호위를 부탁한 덕분에 제가 진짜 죽다 살아났습니다요."

"호위?" 자세한 사정을 모르는지 젊은 무사가 멀뚱한 얼굴이 되었다. "호오, 고자카이 님이 그런 일을?"

"그렇습니다."

"하지만 그분은 통 검술을―,"

젊은 무사가 말을 하다 말고 움찔하며 입을 다물었다. 진지한 표정으로 돌아가 "내 분명히 전하지" 하고 딱딱한 투로 말했다.

구름이 가득한 겨울 하늘에서 어느새 차가운 진눈깨비가 간간이 떨어지기 시작했다. 관리인이 젊은 무사에게 우산을 권했다.

"고자카이 님이 만드신 우산인가."

젊은 무사가 반가운 듯 중얼거리고 우산을 폈다. 톡톡 떨어지는 진눈깨비가 우산 위에서 동그란 물방울이 되어 도르르 굴러 내렸다.

십육야

해골

一

1

    후키가 오하라야에 고용살이 하러 들어간 것은 세는나이로 열다섯 살 때, 벚꽃의 연분홍빛이 흐릿해진 쓸쓸한 봄이었다. 그 전년도 연말에 혼조 일대를 휩쓴 대화재로 부모와 동생을 한꺼번에 잃은 그녀를 위해 외숙부가 소개해 준 자리였다.

    오하라야는 쌀가게이다. 후카가와 다카바시에 점포를 두고 4대를 이어 오며 장사해 왔다. 외숙부는 기대하지도 않은 좋은 일자리라고 말했다.

    그런데 막상 가게에 들어가 보니 그곳에 기숙하며 일하는 오사토라는 하녀가 불쑥 이렇게 말했다.

    "외숙부란 사람이 네가 귀찮으니까 이 가게에 떠넘겼구나."

"떠넘기다니……."

"이 가게는 좋은 일자리는커녕 망해 가는 중이거든. 일하던 점
원들도 하나둘 그만두고 있어."

그 말을 듣고 보니 과연 쌀가게 여기저기에는 눈에 보이지 않
지만 묘하게 썰렁한 웃풍 같은 것이 불고 있는 듯 느껴졌다.

"외숙부란 사람은 너를 받아 주겠다는 곳이면 어디든 상관하지
않았을 거다."

오사토는 부엌칼로 무 자르듯 가차 없이 말했다. 하지만 후키
가 고개를 떨어뜨리자 의기양양하던 눈초리를 살짝 늦추며 언니
같은 투로 덧붙였다.

"너는 여전히 어린애구나. 하지만 앞으로도 그래서는 곤란해.
똑똑히 기억해 둬. 세상에 부는 바람에는 동풍도 없고 남풍도 없
어. 전부 북풍뿐이야."

이렇게 시작되어 열흘도 지나기 전에 오사토하고는 속을 터놓
고 이야기할 수 있게 되었다. 낮에는 바쁘게 일해야 하므로 대화
를 나눌 수 있는 시간은 북창조차 없는 하녀방에서 잠들기 전에
둘이서 베개를 나란히 하고 있을 때뿐이었지만, 그래도 많이 위
안이 되었다.

지친 몸을 잠자리에 뉘면 금방이라도 눈꺼풀이 붙어 버릴 것
같았다. 하지만 잠들면 금방 아침이 돼서 또 하루 일거리가 기다
리고 있었다. 그러므로 잠에 빠지기 직전의 몽롱한 상태가 후키
는 제일 좋았다.

오사토는 후키보다 두 살 연상이지만,

"나는 떠돌이 하녀라서 얘기할 게 없어."

그렇게 말하며 자기 내력에 대해서는 아무 말도 하지 않았다. 그러면서도 후키의 내력은 궁금해했다.

"너희 집도 무슨 장사를 했었다고?"

"콩장수삶아서 말린 잠두콩을 간식이나 부식용으로 파는 행상였어요."

"잘 벌었니?"

"겨우 풀칠이나 했는걸요."

하지만 행복했어요—라고 말하려다가 그만두었다. 굵은 잠두콩을 한 알 한 알 사랑스러운 듯이 젓가락 끝으로 굴리며 굳기나 때깔을 확인하던 아버지의 손놀림, 그때의 인자한 표정이 문득 떠올라서다.

"다 불타 버렸다고?"

얇은 이불에 얼굴을 파묻듯이 한 채 후키는 고개를 끄떡했다. 울보처럼 보이고 싶지 않았다.

그러자 오사토가 천장을 바라보며 말했다.

"나는 오미치 씨하고는 달라서 네가 훌쩍거린다고 화내지 않아. 울고 싶으면 울어."

오미치는 오하라야의 하녀장이다. 돌절구처럼 융통성이 없고 무쇠솥처럼 펑퍼짐한 궁둥이를 가지고 있다. 고용인들을 엄격하게 다스리고 너그럽게 봐주는 일이 없어, 사람들이 "오미치는 등에 눈이 달렸대"라고 숙덕거릴 정도이다.

"그 사람이라고 설마 등에 눈이 달렸겠니? 문신이 있는 게 아닐까. 오하라야 옥호 문신."

그렇게 말해서 후키를 웃겼던 적이 있다.

"어차피 이 가게에서 오래 일하기도 힘들게 됐어."

바로 누워 희미한 웃음을 머금고 한숨을 흘린 다음 오사토는 계속했다.

"오하라야는 지금 태풍을 만난 허수아비 꼴이거든. 언제 망할지 알 수 없어. 하지만 나나 너나 당장 갈 데도 없고 달리 기술도 없잖아. 그러니 여기서 일하는 수밖에."

그래…… 이제 나는 달리 기댈 곳도 없구나. 후키도 속으로는 그렇게 생각했다. 하지만 그런 생각과는 반대로 기억에 떠오르는 것은 아버지, 어머니, 동생 얼굴이다. 그리고 그들을 앗아간 불길의 색깔. 너무나 뜨겁고 누린내를 풍기던 그날의 바람. 왜 나 혼자만 살아났는지 지금도 알 수가 없다. 이웃들은 운이 좋았다고 했지만 후키는 살아남은 것이 아니라 그저 죽지 못했을 뿐이라는 심정이었다. 천벌 받을 생각이고 망자들도 원하지 않는 생각이겠지만, 아무래도 그런 마음을 고쳐먹을 수 없었다.

그렇게 한 달쯤 지난 어느 날 밤, 막 잠이 들려고 할 때 오사토가 이런 이야기를 했다.

"너도 이젠 제법 여기 일에 익숙해졌으니까……"

오사토는 살짝 미소를 지었지만 이내 그 미소를 지우고 다시 입을 꼭 다물었다.

"잘 들어, 앞으로 조금 기분 나쁜 일이 있을지 몰라. 하지만 혹시 그런 일이 벌어져도 당분간은 참아야 해."

"기분 나쁜 일……?"

"곧 알게 돼. 듣고 싶지 않아도 오미치 씨가 얘기해 줄 테니까. 그러니 그때까지는 잊고 있어도 돼."

그 말을 끝으로 오사토는 입을 닫아 버렸다. 곧 잠든 숨소리가 들려왔다.

어딘지 의미심장한 그 말에 후키는 잠을 설치고 말았다. 게다가 반 각 정도 이런저런 생각을 하며 누워 있자니 변소에 가고 싶어졌다.

촛불이든 등잔불이든 멋대로 쓰는 것은 엄격히 금지되어 있었다. 하지만 도저히 참을 수 없어서 후키는 손을 더듬어 등잔불을 밝히고 그것을 손바닥으로 살짝 덮듯이 가리며 발소리 죽여 복도로 나갔다.

복도의 어둠이 젖은 옷처럼 후키의 몸을 서늘하게 감쌌다. 두 칸쯤 걸어서 왼쪽으로 꺾어지면 막다른 곳에 변소가 나오는데 오른쪽에는 손을 씻는 푼주가 있고 수건을 걸어 둔 작은 중정이 있다.

복도를 왼쪽으로 꺾어졌을 때 바로 눈앞에서 변소 문이 가볍게 닫히는 참이었다. 누군가 안으로 들어간 모양이다. 얼굴은 보지 못했지만 문 안으로 사라지는 새하얀 손끝과 옷소매가 슬쩍 보였다.

누구일까.

등불을 가슴 높이에 쳐든 채 후키는 잠시 기다렸다. 점점 초조해지고 참기가 힘들어졌지만 꾹 참으며 기다렸다.

변소 문은 닫힌 채 움직일 줄 몰랐다.

그게 누구였을까, 하고 열심히 생각했다. 옷 무늬까지는 보이지 않았다. 얼핏 손이 보였을 뿐. 더구나 공교롭게도 쌀가게 사람들의 손은 다들 하얗다. 파는 물건이 피부에 물들어 버리기 때문이다.

더 이상 참을 수 없겠어, 하는 생각에 열을 헤아렸다. 그리고 변소 문으로 다가가 주먹으로 살짝 두드렸다.

대답이 없다.

다시 두드렸다. 대답 소리가 들리지 않는다.

마음먹고 손을 뻗어 변소 문을 열었다. 축축한 구린내가 코를 찌른다.

안에는 아무도 없었다.

손에 든 등불이 울렁울렁 흔들렸다.

문득 변소 발판 밑의 묵직한 암흑 속에서 암흑보다 더 어두운 무엇이 피어오르는 것 같았다. 그것이 후키의 얼굴에 닿을 만큼 가까이 다가오는 듯했다.

변소를 뛰쳐나온 후키는 복도를 달려 모퉁이에서 다시 고개를 살짝 내밀며 뒤를 돌아보았다.

순간 새하얀 것이 또 눈으로 날아들었다. 목소리를 내지는 못했지만 심장이 억, 소리를 냈다.

수건이었다.

이번에는 황급히 도망쳤다. 방으로 뛰어든 후키가 오사토를 흔들어 깨우고 졸린 눈을 끔뻑거리는 그녀에게 방금 겪은 일을 이야기했다.

"흠."

별로 놀라는 모습도 없이 오사토가 말했다. 그게 뭘 어쨌냐는 듯한 표정이다.

"그러게 내가 말했잖아. 당분간 참으라고."

"하지만 그건 대체—,"

"그 얘기도 했잖아. 곧 알게 된다고. 전부 알게 돼."

오사토는 다시 잠들어 버렸다. 후키는 얼른 이불을 뒤집어썼다.

곧 알게 돼—.

아닌 게 아니라 오미치에게 혹사당하며 하루하루 바쁘게 지내다 보니 오하라야의 형편이 어렵다는 것이라면 후키의 눈에도 얼핏얼핏 띄는 것이 있었다. 후키가 하는 일은 배 밑바닥의 또 밑바닥에서 노를 젓는 일과 같은 것이어서 위쪽 사정을 알 수도 없는 처지였지만, 밑의 물이 이렇게 차다면 윗물도 따뜻할 리는 없겠다는 생각이 들었다.

재작년 여름 창고에 둔 쌀에 벌레가 바글바글 끓었다. 그것이

재앙의 시작이었다고 한다. 무엇이 잘못되었는지 원인을 알 수 없었고, 이리저리 대책을 세워 봐도 소용이 없었다. 궁지에 몰린 끝에 결국 막대한 쌀을 내다 버려야 했다.

이 일은 쌀가게에게 두고두고 수치가 될 터였다. 신용은 떨어지고 대책은 세우는 족족 실패하고 거래처도 하나둘 줄어들어, 이제는 무가 불하미^{다이묘는 농민에게 거둔 쌀 중에서 자가 소비분과 가신단에 주는 급} ^{여분을 제외한 나머지를 시중에 내다팔아 번 재정에 충당했는데, 이렇게 내다파는 쌀을 말한다} 에 입찰하는 데 필요한 자격까지 상실할 위험에 처했다고 사환 아이가 아는 척하며 일러주었다. 봉당에서 고구마를 닦던 후키에게 배가 고프다며 다가왔다가 그런 말을 떠벌이고 갔던 것이다.

"누가 슬쩍 해 준 이야기인데," 사환 아이는 주위를 경계하며 말했다.

"창고에 생긴 벌레에 얼굴이 달려 있대."

"얼굴이?" 후키는 고구마 닦던 손길을 멈추었다. "사람 얼굴?"

"그래. 해골 같은 얼굴이 달려 있는 것처럼 보인대."

후키는 흠칫 놀랐다. 이게 바로 오사토가 말하던 것일까.

"그런데 이 가게에는 대체 뭐가 있는 거지? 오사토 씨도 곧 알게 된다, 곧 알게 될 거다, 하며 말해 주질 않아. 너는 알고 있어?"

후키는 아이 쪽으로 몸을 기울이며 물었다. 태평한 먹보처럼 고구마를 먹던 사환 아이가 갑자기 말끝을 흐렸다.

"그래? 오후키 누님은 신참이니까" 하고 소곤거리는 투로 말했다. "그건 정말이야. 곧 알게 돼. 그래…… 8월 보름 달구경음력8월 15일 밤이면 경단, 콩, 밤, 토란 등 보름달을 닮은 간식을 먹으며 달구경하는 풍속이 있다할 때가 되면. 그때까지 기다려 봐. 누구한테 물어봐도 다들 그렇게 말할걸."

그리고 도망치듯 달아나버렸다. 후키는 봉당에 혼자 남겨졌다.

'달구경할 때…… ?'

무슨 말인지 영문을 알 수 없는 와중에 따돌림 당한 기분만 남았다.

2

장마가 끝나고 여름이 지나자 가을바람이 불기 시작했다. 그렇게 철이 바뀌는 가운데 오하라야라는 가라앉는 배는 기운 채로나마 항해를 계속했다. 종종 납득할 수 없는 시간대에 불쑥 손님이 찾아오거나 고참 지배인이 핼쑥하게 야윈 얼굴을 보이면 역시 사정이 좋지 않은가 보다 하고 짐작하지만, 후키 같은 신참에게는 그것도 그때뿐인 일이었다.

매일 혹사당하는 하녀의 경황없는 일상은, 눈에 보이지 않을 만큼 미세한 먼지가 쌓여 바닥을 새하얗게 만드는 것처럼 후키의 다양한 생각을 덮어 나갔다. 가족을 전부 잃은 괴로운 기억도 점차 그런 먼지에 가려져 갔다.

오하라야에 숨겨진 언짢은 비밀 같은 것에 대한 흥미도 가려져 갔다. 혼자서는 어쩔 수 없는 일, 불쾌한 일에 대해서는 자연스레 생각을 안 하게 되는 것이 인지상정이고, 변소에서 겪은 일도 그때 한 번뿐인데다 그 뒤로는 후키를 두려움에 떨게 만든 일이 전혀 없었으므로 더욱 그랬다.

그러므로 7월 중순의 어느 날, 우물가에서 오사토와 나란히 땀 흘리며 빨래를 하고 있을 때, 오사토가 두레박 올리던 손을 멈추고 불쑥 그 이야기를 꺼냈을 때도 무슨 이야기인지 얼른 알아듣지 못했다.

"후키 짱, 오미치 님이 무슨 얘기 해 주지 않았어?"

"무슨 얘기라뇨?"

잠깐 생각하다가 아, 그거, 하고 생각했다.

그래······ 이제 곧 8월 보름이지.

'오미치 님이 얘기해 줄 거야.'

'8월 보름 달구경할 때쯤에.'

"아뇨, 아직." 후키는 오사토를 올려다보았다. "언젠가 말했던 '곧 알게 돼, 얘기해 줄 거야'라고 하셨던 그거 말이죠?"

"그래. 나 때도 그랬거든."

"달구경하는 밤에 뭔가가 있나요?"

멜빵으로 소매를 단속하며 드러낸 매끄러운 팔뚝이 가을 햇살에 탐스럽게 빛나자 오사토는 얼버무리듯이 웃었다.

"달구경이 그냥 달구경이지, 뭐. 우리한테는 정신없이 바쁘기만 한 밤이지."

오사토가 말한 대로 마침내 8월 보름이 되자 후키는 몸이 하나
더 있으면 좋겠다는 생각이 들 만큼 바빴다. 평소 하던 일 외에
오미치를 도와 온갖 음식 준비를 해야 했다. 경단을 빚고 풋콩과
밤을 삶아 어울리는 그릇에 담아낸다. 마당 청소도 꼼꼼하게 해
야 한다.

"오늘 밤 달구경하러 손님이 오신대. 주인님 지인이라지."

콧잔등에 땀방울을 매단 채 오사토가 말했다.

"나중에는 또 자금 조달 이야기가 나오겠지만."

킥킥, 하고 재밌지도 않다는 듯 소리 내어 웃었다.

"오늘 밤만이라도 다투지 않았으면."

다행히 그날 밤은 날이 맑았다. 거울처럼 밝은 달은 마치 신령
님이 밤하늘을 동그랗게 오려 내고 그 구멍으로 등롱을 쳐들어
아랫세상을 내려다보고 있는 듯했다.

달구경하러 온 손님이 오하라야에 모처럼 평화를 가져다주었
다. 고용인들도 배부르게 먹고 술도 조금 얻어 마셨다.

후키는 음식 준비하랴 시중하랴 바쁘게 일한 뒤 오사토와 함께
오미치의 방으로 불려가 경단을 먹고 달빛 아래 바늘귀에 실을
꿰었다. 바느질을 잘하게 해 달라고 이렇게 비는 것이다.

오미치의 방은 그리 넓지는 않지만 툇마루와 뜰도 있어서 달도
잘 보였다.

마당 한쪽에 수세미가 지주목에 덩굴을 감고 사람 키만큼 자라고 있었다. 긴 줄기에 상처가 나 있고 그 밑에 그릇을 받쳐 둔 것이 달빛에 똑똑히 보였다. 오미치가 잠깐 자리를 비운 사이에 오사토가 웃는 얼굴을 찡그리며 속삭였다.

"오미치 씨가 저리 봬도 영 재미없는 여자는 아니네. 수세미즙을 받고 있잖아."

그 의미를 후키도 바로 이해했다. 어머니도 그렇게 했기 때문이다. 보름달 아래 받은 수세미즙은 피부를 곱게 해 준다고 했다.

어머니는 어른으로 커 갈 후키를 위해 그것을 만들어 주었다. 가슴이 아려 바늘을 쥔 손이 희미하게 떨리기 시작했다.

대화재 당시의 장면들, 가족의 사체가 불현듯 생생히 머릿속에 되살아났다. 즐거운 밤이지만 그 즐거움이 더는 그것을 함께 나눌 수 없는 사람들을 떠오르게 한다.

부모의 시신은 거의 다 타 버려서 얼굴도 분간할 수 없었지만 동생은 그렇지 않았다. 부상과 화상이 잘 드러나 오히려 더 끔찍했다. 어찌된 일인지 손톱 밑에 흙이 꽉 차 있었다. 얼마나 뜨거웠으면. 얼마나 고통스러웠으면. 매장하기 전에 어떻게든 손톱 밑을 깨끗하게 해 주고 싶었지만 아무리 닦아도 깨끗해지지 않았다.

"오미치 님 이야기가 내일이야."

오사토가 불쑥 말했다. 후키는 힘겨운 기억에서 빠져나와 그녀의 말에 가까스로 귀 기울였다. 오사토는 정색하고 있었다.

"내일."

"그래. 모르니? 보름 다음날. 십육야라고도 하지."

"십육야."

"그래. 십육야라는 것은 망설이다가 나온다는 뜻이래[주로쿠야十六夜'는 '이자요이'로 읽는 것이 일반적이다. '이자요이'는 나가려 해도 좀처럼 나가지 못하는 모습을 뜻한다.] 십오야 이후로는 달 뜨는 시간이 조금씩 늦어지잖아."

"오사토 씨는 모르는 게 없으세요."

"전에 일하던 가게 주인이 하이쿠 짓는 사람이었어. 그 사람한테 배웠지."

오사토는 잠깐 웃었다. 그 웃음의 색과 방금 한 말에서 '주인님'이 아니라 '주인'이라고 부르는 점에서 후키는 뭔가 비릿한 느낌을 받았다.

오사토는 스스로 '떠돌이 하녀 신세'라고 했었지만, 실은 그냥 하녀 일만 했던 것은 아닌지도 모른다.

후키가 다시 오미치의 방에 불려 간 것은 모두가 잠든 한밤중이었다.

방을 나갈 때 오사토는 잠깐 다녀오라는 듯 편안한 표정으로 보내 주었지만, 후키는 미소로 응할 수 없었다.

"들어와라. 거기 앉아."

평소와 다르지 않은 말투로 오미치는 차갑게 말했다.

"오늘 저녁은 즐거웠니?"

웃음기도 없이 오미치가 이야기를 시작했다.

"예."

"그래? 그럼 다행이고."

역시 미소조차 짓지 않는다. 무릎 위에 올린 손이 주먹을 꼭 쥐고 있다.

"이제 너에게 중요한 얘기를 할 거다."

오미치의 목소리는 낮았다. 하고자 하는 이야기의 무게 탓인지 머리가 조금 숙여져 있다.

"내일, 그러니까 십육야에 대한 이야기야." 오미치는 말을 이었다. 후키가 고개를 끄덕이자,

"알고 있었니?" 하고 노려보는 눈초리로 물었다.

"……조금요. 오미치 씨가 말씀해 줄 거라고 오사토 씨에게 들었습니다."

"그래." 오미치는 안심하듯 숨을 내쉬더니 등을 곧게 펴고 고개를 들었다.

"잘 들어라, 우리 오하라야는 십육야에 천벌을 받고 있다."

후키가 눈을 크게 떴다. 당장은 아무 말도 할 수 없었다.

"오하라야와 십육야가 원수지간이란 말이다. 십육야 달빛이 한 줄기라도, 알겠니? 단 한 줄기라도 이 집 안으로 비춰 들면 주인님이 돌아가시고 만다. 그런 천벌이다."

오미치는 '십육야'라는 말을 마치 무턱대고 달려들어 사람을 잡아먹는 괴물의 이름이라도 되는 양 말했다.

"그러니까 내일은 초저녁부터 덧문을 다 닫고 무슨 일이 있어도 달빛이 새어들지 않게 해야 한다. 알겠니? 절대로 열면 안 돼. 나 같은 처지에 이렇게 좋은 방을 배정받아 지내는 것도 덧문을 지키기 위해서다."

오미치가 바짝 다가앉자 후키는 고개를 크게 끄덕였다.

하지만—.

"왜 그런 천벌을 입게 된 건가요?"

지금까지 이런 설명을 반복해 왔고, "그런 건 상관 마. 너는 그저 시키는 대로 하면 된다"라고 내쳐 본들 소용이 없다는 것을 잘 알고 있던 오미치는 체념한 듯 한숨을 짓더니 차분한 목소리로 이야기를 시작했다.

"초대 주인님 때문이야"라고 말하는 말투에 희미하게 한이 서려 있다. "이 오하라야 재산을 일구기 위해 사람을 죽이셨다더군."

후키는 숨을 삼켰다. 살인이라고?

"아주 오래전, 이달 십육일 밤에. 다행히 세상에 알려지지 않은 채 넘어갔다고 하지만……."

오미치는 이 대목에서 침을 삼켜 목을 적셨다.

"죽은 사람이 외쳤다는구나. 이 한은 반드시 풀어 주마. 이 배반을 잊을쏘냐. 내가 오하라야에 깃들어 언젠가 너도 똑같이 죽게 해 주마— 그렇게 외치고 죽은 모양이야."

오후키는 변소에서 보았던 그 하얀 손을 떠올렸다. 오하라야에 깃들겠다고?

"이달 십육야 달을 봐라. 거기에 틀림없이 해골이 보일 거다. 새하얀 달 속에 해골이 떠 있는 게 보일 거다. 그것이 천벌의 표식이다. 잊지 마라, 라고 말했다는구나."

그 동그란 달님에?

"초대 주인님은 웃어넘기셨지. 그리고 보란 듯이 십육야 달을 올려다보셨다."

오미치는 커다란 몸집을 떨었다.

"초대 주인님은 이튿날 잠자리에서 숨진 채 발견되었어. 베개에 머리를 얹고 똑바로 누워 두 눈을 부릅뜨고 양손에 이불을 꽉 움켜쥐시고."

후키는 눈을 꽉 감았다. 변소에서 사라진 새하얀 손이 떠오른다. 그 손은—.

"그 일 때문에 2대, 3대 주인님은 정말 조심하셨다더구나. 방바닥 밑에 굴을 파고 십육야 밤이면 그곳에 들어가 있거나 덧문을 이중으로 달거나…….""

그렇게까지 두려워하는 모습 뒤에는 천벌을 부른 사건에 대한 뿌리 깊은 죄책감이 숨어 있었다. 후키는 치미는 의문을 목구멍 속으로 밀어 넣었다.

초대 주인님은 대체 누구를 죽이신 겁니까?

"물론 이곳 고용인들도 대대로 조심에 또 조심을 해 왔다"라고 오미치는 계속했다. "그래서 우리도 그렇게 하는 거야. 알겠지.

너에게도 주인님은 중요한 분이지?"

오미치가 무릎을 들이밀며 얼굴을 가까이 대자 후키는 몸을 움츠리며 "예"라고 대답했다. 당연하다. 굳이 다짐할 것도 없이 이 가게에 고용된 자로서 주인의 신상에 무슨 사고가 있으면 큰일이라고 생각하는 마음은 오미치와 다를 게 없다.

하지만—,

오미치의 찌르는 듯한 시선을 똑바로 쳐다보자 문득 떠오른 것이 있었다.

한 달쯤 되었나. 한밤중에 너무 목이 말라 부엌에 가서 물을 마실 때였다. 등 뒤에서 발소리가 나서 돌아다보니 주인님이 서 있었다.

"나도 물 한 잔 주게."

후키가 잔을 가지러 가려고 하자 그냥 국자로 떠 달라고 했다. 그리고 참으로 달다는 듯이 다 마셨다.

주인은 체구는 작아도 얼굴이 기품 있고, 상가의 당주다운 인상을 풍기는 사람이다. 죽은 아버지가 보았다면 필시 "풍재가 훌륭한 주인이구나"라고 했을 것이다. 그런 분이 몸소 부엌에 나와 아이처럼 서서 물을 마시고 있다.

지친 얼굴이었다. 어쩌면 거북한 일이 있어서 자리를 피해 나왔는지도 모른다고 후키는 짐작해 보았다.

후키에게 주인님과 마님은 다른 세상 사람이었다. 처음 하녀로 들어와 인사한 것을 끝으로 평소 얼굴도 볼 수 없었다. 곁에서 시중드는 일은 전혀 없었다. 다만 그때 가까이서 주인님의 얼굴을 보니 그런 생각이 들었다. 어쩌면 주인님의 근심거리가 쌀가게만은 아닐지 모르겠다고.

주인은 후키에게 국자를 돌려주고 부엌을 나갔다. 그러자 마치 자리바꿈이라도 하듯 오미치가 부엌에 들어왔다.

"너 뭐 하니."

몹시 매서운 말투로 꾸중을 들었다. 후키는 황망히 고개 숙여 인사하고 도망치듯 나왔다—.

그때 일이 머릿속에 바람처럼 되살아났다. 오미치의 그 매서운 눈초리.

너에게도 주인님은 중요한 분이지?

"반드시 말씀대로 하겠습니다."

후키는 대답했다. 얼른 오미치 곁에서 도망치고 싶었다.

3

잠을 못 이룬 밤이 물러갔다. 후키는 마침내 올 것이 왔다는 기분이었다.

다른 사람들도 긴장했는지 평소보다 말수가 적은 것 같았다. 아니, 사실은 마음껏 수다를 떨고 싶지만 평소보다 더 매서운 오미치의 눈초리가 두려워 마음대로 떠들지 못하고 있는 것이다.

오미치는 점심을 먹을 때 고참 지배인이 "오늘 저녁이 십육야네"라고 말했을 때도, "그게 왜요?"라고 무뚝뚝하게 대꾸했다. 지배인도 더는 말하지 못했다. 입맛 없는 사람처럼 젓가락을 놀리며 오미치의 표정만 힐끔거렸다.

별다를 거 전혀 없소. 오늘이라는 날에 특별한 의미는 없소. 후키에게는 오하라야라는 가게 전체가 그런 표정을 꾸미고 있는 것처럼 느껴졌다.

해가 지자 사람들은 말수가 더욱 없어졌다. 오미치가 시키는 대로 모두들 무슨 성채라도 짓는 듯한 표정으로 집 안의 모든 덧문을 꽁꽁 걸어 닫고 나서야 한숨 돌리는 분위기가 흘렀다. 이제 잠만 자면 된다. 모두들 방으로 물러가고 후키도 오사토와 베개를 나란히 두고 이불을 덮었다.

하지만 역시 잠은 그리 쉬 오지 않았다. 어제에 이어 구름 한점 없는 맑은 날씨이니 달도 아름답게 떴을 것이다. 덧문만 열면 달빛은 잘 벼린 칼날처럼 매끄럽게 비껴들 게 틀림없다. 그런 생각을 하는데—.

오사토도 같은 기분인지 내내 뒤척이며 잠을 이루지 못하고 있었다. 그래서 말을 걸자 "천벌 얘기라면 그만둬. 다른 얘기나 하자"라고 말했다. 그래서 이런저런 잡담을 하던 후키는 평소 궁금했던 것을 슬쩍 물어보았다.

"근데 오사토 씨. 이상한 얘기지만, 제가 생각해 본 건데요."

"뭔데?"

"오미치 씨와 주인님은—."

더이상 말을 잇지 못하고 있는데 오사토가 내치듯이 "찝찝한 얘기네"라고 말했다.

"그만 자. 피곤해."

하는 수 없이 후키도 잠자코 눈을 감았다. 어느 새 잠이 들었는지 꿈을 꾸었다.

덧문을 닫아 두었는데도 어찌된 일인지 여기저기에서 달빛이 비껴들고 있다. 후키와 오사토와 오미치가 당황해서 두 팔을 벌려 달빛을 막으려고 하지만 도저히 다 막을 수 없다. 달빛은 주인님 방을 향해 거침없이 뻗어 간다. 주인님이 다급히 달아난다. 기를 쓰고 달아나지만 결국 따라잡혀 달빛이 스르륵 뻗어 가자 주인님 목이 댕강 잘린다. 데굴데굴 구른다. 달빛이 그 목을 주워 든다. 가만 보니 그것은 이제 달빛이 아니라 밤에 변소에서 보았던 새하얀 손이다. 그 손이 주인님 목의 상투를 잡고 끌고 간다—.

꿈에서 후키는 커다란 비명을 질렀다. 비명이 멈추지 않는다. 멈추기는커녕 점점 커져간다. 자기 목소리가 아닌 것 같다. 마치 종소리 같다. 이 소리는 흡사, 흡사—.

비상종 같다.

"후키, 일어나! 불났어!"

후키가 잠자리에서 발딱 일어났다. 오사토가 경악한 얼굴로 소리치고 있었다. "들리지, 저 종소리!"

정말이다. 숨 쉴 틈도 없이 바쁘게 쳐 대는 비상종이다. 가까운

데서 불이 난 것이다. 매우 가깝다.

후키의 무릎에서 힘이 빠졌다. 식은땀이 목덜미에서 등으로, 그리고 넓적다리로 흘러 떨어진다. 아아, 드디어 때가 됐다. 아버지, 어머니에 이어 이제 내가 갈 차례.

"빨리 피해!"

오사토가 잽싸게 옷을 입고 서랍으로 손을 집어넣어 몇 가지 물건을 끄집어냈다. 그제야 후키도 정신을 다잡았다.

"안 돼요!"

무릎에 매달려 막으려고 하자 오사토가 후키를 차 내려고 발을 버둥거렸다.

"뭐가 안 돼! 우물쭈물 거리다간 불에 타 죽어."

"문을 열면 주인님이 죽어요!"

"주인이 죽든 말든 뭔 상관이야!" 오사토가 침방울을 튀기며 쏘아붙였다. "나 죽으면 다 끝이지. 비켜! 비키라니까!"

오사토가 후키의 뺨을 쳤다. 쓰러진 후키를 넘어 복도로 나갔다. 후키가 버둥거리며 일어나 오사토를 뒤쫓았다.

캄캄한 복도에 발소리와 비명이 어지러이 오가고 있었다.

다들 도망치려 허둥대고 있다.

비상종은 점점 급해졌다. 후키 마음에 악몽이 되살아났다. 살이 익어 문드러진 아버지 얼굴. 뼈까지 타 버린 어머니 팔. 동생의 핏기 없는 얼굴. 그 진흙. 그 냄새.

혼자만 살아남은 나를 마침내 화염이 추적해 왔다.

바로 눈앞에서 여자의 비명이 터졌다. 우당탕 다투는 소리가 들리나 싶더니 오사토의 몸이 튀어나왔다. 후키도 함께 벽에 부딪혔다. 고함소리가 내려왔다.

"어딜 나가! 덧문을 열기만 해 봐!"

오미치였다. 오사토를 떠밀더니 양팔을 벌려 길을 막으며 분노로 낯을 일그러뜨리고 있었다.

"젠장, 어디 막아 봐."

오사토가 허우적거리듯 일어서려고 할 때 오미치 뒤쪽에서 꽈당, 하는 커다란 소리가 나고 주위가 갑자기 환해졌다. 새빨간 빛이었다.

"누군가 밖으로 나갔다!"

오사토의 목소리보다 먼저 외치는 소리가 들리자 오미치가 그쪽으로 돌진했다.

발소리, 비명, 연기와 메케한 냄새.

그 순간 마음의 둑이 터져 버렸다.

후키는 복도를 달렸다. 뜰이 보인다. 덧문 두어 장이 마당에 쓰러져 있다.

불길은 마당 너머 널담 바로 위까지 다가와 맹렬하게 타오르고 있었다. 불티가 후키의 볼을 따끔하게 찔렀다.

뛰쳐나온 오하라야 사람들이 마당에서 넋 놓고 서 있었다. 머리 위에서 불길이 활활 포효하는데 아무도 그쪽은 보고 있지 않았다.

그들이 보는 것은 주인님이었다. 주인님의 뒷모습이었다.

주인님이 마당 한복판에 서서 고개를 들고 달을 똑바로 보고 있었다. 하오리와 하카마를 입고 버선과 신발도 제대로 신고 있다. 비상종은 가장 급한 난타로 변했지만 그 소리도 들리지 않는 듯했다.

주인님이 십육야 달을 올려다보고 있다. 구름 그림자 하나 비치지 않고 또렷하게 빛나는 달을. 후키가 변소에서 보았던 그 손처럼 한없이 하얗게 빛나는 달을.

모두들 말이 없다.

주인님이 천천히 뒤를 돌아보았다.

"이제, 나는 죽는다."

달빛을 온몸에 받으며 주인님이 그렇게 말했다.

"십육야 달을 보면 나도 죽을 수 있겠지. 살아 있어 봐야 오하라야를 무너뜨리기밖에 못하는 나다. 그러니 차라리 이렇게 죽어서 오하라야에 깃든 천벌의 구름을 걷어치워야겠다. 그편이 너희들에게도 훨씬 득이 될 거다."

그렇지? 하며 주인님이 일동을 쳐다보았다.

사람들이 주인님과 마주 본다. 불길은 무섭게 타올라 어둠을 사르고 눈을 뜨지 못할 만큼 뜨거운 바람이 불어 온다. 밤이 불타고 있다.

뒤쪽 집안에서 갑자기 여자의 커다란 울음소리가 터졌다. 돌아볼 것도 없이 오미치임을 알 수 있었다.

"주인님, 저도—."

그다음 말은 화르르 타오르는 화염에 지워져 들리지 않았다.

그런데 안주인은 어디 있을까— 당황하며 주위를 둘러보는 그때, 무서운 엄니를 가진 생물이 날뛰듯 이리저리 옮겨 붙는 불길 속에서 후키는 보았다.

나란히 선 오하라야 사람들 얼굴에 불빛이 비쳐 어른거린다. 환하게 비쳤다가 어둡게 변한다. 불길과 어둠이 그려 내는 그 무늬를. 그 형태를.

오하라야 사람들의 얼굴, 얼굴, 얼굴. 그 하나하나가 해골처럼 보인다. 오사토도 오미치도 지배인도 사환도 그 모든 이들도.

해골의 무리 앞에서 주인님은 천천히 고개를 끄덕였다. 해골 하나하나에게 고개를 끄덕였다. 몸 양옆의 팔이, 하오리 소매로 보이는 손이 새빨간 불빛에 더욱 새하얗게 빛난다.

갑자기 각성한 것처럼 후키는 모든 것을 알 수 있었다.

십육야 달은 오하라야에 천벌을 내린다. 십육야 달빛 아래서 초대 주인에게 죽임을 당한 사람의 원한으로.

이 배반을 잊을쏘냐. 반드시 똑같이 죽게 해 주마.

틀림없다. 오하라야 초대 당주는 주인을 살해하는 죄를 범한 것이다.

갑자기 누군가 비명을 지르며 도망치기 시작하자 대열이 이내 무너졌다. 눈사태 나듯이 다들 비명을 지르며 마당에서 뛰쳐나간다.

후키는 멀거니 서 있었다. 주인님은 미소 짓고 있다. 불티는 춤 추듯 날아올라 바람을 탄다.

　하늘을 올려다보니 달이 중천에 떠 있다. 새하얗게 비웃고만 있다.

무 덤

까 지

지르밟는 발밑에 깔린 낙엽이 이제 곧 나누려고 하는 밀담을 예고하듯 사각사각 소리를 낸다. 오른쪽 담 너머, 기이 태수 저택 마당에 나란히 선 높다란 은행나무에서 떨어진 낙엽이다. 여기저기 떨어진 은행 알이 행인들 발에 밟혀 깨졌는지 독특한 악취가 코를 찌른다.

벌써 은행이 익을 철이다. 아버지는 정원 꽃나무 풍경을 해친다며 낙엽 많은 나무를 싫어하지만 은행은 아주 좋아했다. 오늘 저녁은 그걸 구워 안주로 드려야겠다고 생각하며 오유키는 걸음을 서둘렀다.

도타로는 만나기로 약속한 감주 노점의 장의자에 벌써 앉아 있었다. 오나기 운하 쪽으로 얼굴을 향하고 고물에 부서지는 흰 파도를 멍하니 바라보고 있는 것 같았다.

오유키가 옆에 앉자 미소 지으며 말했다.

"아버지는 여전하셔?"

"응, 매일 정원을 가꾸셔."

"그래? 누님은 어떻고?"

"건강해."

오유키가 이야기를 서두르려고 하는 기미를 느꼈는지 도타로
가 입을 다물었다. 노점 주인이 감주를 내주고 장의자에서 멀어
져 가는 것을 지켜본 뒤 오유키가 입을 열었다.

"오빠, 나, 엄마 만났어."

도타로의 눈이 커졌다. 오유키는 외까풀이지만 오빠는 쌍꺼풀
이 뚜렷하다.

아버지, 어머니가 아닌 아빠, 엄마가 무엇을 뜻하는 말인지 도
타로는 잘 알고 있었다.

"언제."

"그제."

오유키는 대답하고 따뜻한 감주 잔을 꼭 쥐었다.

"아버지 심부름으로 집을 나서는데 맞은편 담배 가게 앞에 서
있었어."

도타로는 양손을 무릎에 놓고 어깨를 움츠려 경계하는 듯한 자
세가 되었다.

"그럼 우연히 만난 게 아니네."

"응." 오유키는 고개를 끄덕였다. "내가 나오길 기다리고 있었대."

도타로가 바늘에 찔린 듯 움찔했다.

"너, 얘기한 거야?"

"했어. 달리 방법이 없잖아."

"왜 더 일찍 와서 알려 주지 않았어."

오빠가 꾸짖는 투로 말하자 오유키는 가슴이 아려 오빠에게 마구 대들었다.

"하지만 함부로 찾아가 알려 줄 수도 없잖아."

"그건 그렇지만……."

"게다가 나도…… 어떻게 해야 할지 알 수 없었어. 그래서 그때 엄마한테 그랬어. 얘기할 시간 없다고. 그랬더니 엄마가, 그럼 내일 같이 점심을 먹자, 에이타이지永代寺 앞 상가에 점심때 맛있는 도시락을 파는 가게가 있다면서."

도타로는 미간을 찡그렸다. "그래서 나갔어?"

"안 나갔어. 점심은 늘 아버지랑 먹어요, 라고 했지."

도타로가 오유키의 소매 위에 손을 놓았다.

"너무 예민하게 그러지 마. 나라도 엄마가 불쑥 나타난다면 뭘 어째야 할지 모를 테니까."

오유키가 코를 훌쩍이며 눈가를 손가락으로 훔쳤다.

"그래서 어제 다시 만났어."

오유키는 아버지 통풍 약을 받으러 다이와초의 겐안이라는 의원에 다니고 있었다. 의원에 가는 시간에 맞춰 가메히사바시 다리 밑에서 만나기로 한 것이다.

"가까운 소바 가게에 들어가 얘기했어."

"겐안 의원에는 아는 사람도 있잖아. 누가 보면 어쩌려고?"

"사람도 엄청 많고 조심했으니까 괜찮을 거야."

게다가 달리 어쩔 수도 없었다고 오유키는 생각했다. 엄마가 가자는 곳으로 따라가는 것도 싫고, 거짓말을 해서 외출 시간을 만드는 것도 싫었다. 그것은 아버지인 이치베에게 너무 못된 짓이라고 생각했다.

이제 와서 새삼스럽다 싶기도 하지만.

문득 눈길을 드니 도타로는 아까와 같은 자세로 오나기 운하 쪽을 바라보고 있었다. 그 입가가 뭐라고 작은 소리로 중얼거리는 것처럼 움직였다. 뭐라고 하는 거지, 하는 생각에 오유키가 얼굴을 가까이 기울이자 오빠가 불쑥 물었다.

"오유키, 너, 엄마 이름 기억하니?"

오유키는 기억하고 있었다.

"오하루."

"그래. 나도 기억해. 오하루였지."

도타로는 열세 살 때 상가에 취직해 일을 배우기 시작한 뒤로 이상할 정도로 고집스레 스스로를 '나와타시'라고 일컫게 되었다. 오유키나 누나 오노부와 이야기할 때도 꼭 그렇게 자칭했다. 처음에는 그것이 너무 우스워 도타로가 휴가를 받아 돌아올 때마다 오유키와 오노부는 부엌에서 남몰래 서로 소매를 잡고 자지러지게 웃었다.

하지만 지금 오빠는 자신을 '나오레'라고 말했다와타시'가 격식을 차린 말이라면 '오레'는 허물없는 말. 오유키는 그게 두려웠다. 오빠가 예전으로 돌아가려 하고 있다는 증거처럼 들렸던 것이다.

도타로가 다시 물었다. "너, 엄마 얼굴을 바로 알아보겠디?"

그랬다. 담배 가게 앞에 있는 엄마의 하얀 얼굴을 보았을 때 한 순간도 의아해하지 않고 상대가 누구인지 바로 알아보았다. 스스로도 놀랐다.

도타로는 눈을 가늘게 뜨고 오유키의 얼굴을 보았다. "너는 어렸으니까 엄마 얼굴을 기억하지 못할 줄 알았어."

"하지만 부모 얼굴인걸."

오누이는 입을 다물었다. 감주는 이미 식어 버렸다. 주인은 노점 건너편의 기이 태수 저택 담에 기대어 졸고 있었다. 오나기 운하에는 배들이 바삐 오가고 강을 건너오는 바람에는 희미한 목재 냄새가 섞여 있다.

"그래, 엄마가 뭐래?" 도타로가 낮은 소리로 물었다.

"뻔하지 뭐." 오유키가 대답했다. "우리를 데리러 왔대."

말해 버렸지만 오유키의 마음은 편해지지 않았다. 짐을 절반쯤 오빠에게 넘겼는데도 도리어 더 무거워진 것 같았다.

"엄마는 요즘 고아미초에서 미용사로 일하고 있대" 하고 오유키가 말했다.

"미용……." 도타로가 중얼거렸다.

"먹고사는 데는 지장 없대. 재혼은 안 했대. 이런저런 고생을 했지만 지금은 사람을 쓸 정도로 바빠졌대. 이제 너희를 거둘 수 있다. 15년이나 걸렸지만 약속을 지키러 왔다— 울면서 그랬어."

15년은 너무 길다고 생각하면서도 엄마가 눈앞에서 울자 오유키는 가슴이 미어져 얼굴도 들 수 없었다. 순 제멋대로야, 버림받았다 여기고 오래전 마음을 접었지만 차마 그렇게 말할 수는 없었다.

오빠는 어떻게 생각할까…… 도타로의 표정을 곁눈으로 살폈다. 오빠는 멍한 얼굴을 하고 있을 뿐이다.

"엄마를 한번 만나 봐야겠구나"라고 가만히 말했다.

오유키는 발치를 내려다보며 뻣뻣한 목덜미로 주억거렸다. 그것을 끝으로 도타로가 입을 다물어 버려서 오유키 쪽에서 조심스레 물었다.

"아버지한테는—,"

"아직이야." 도타로가 냉큼 말했다. 그러더니 손을 뻗어 소매에 가려져 있는 오유키의 손을 찾아 꼭 쥐었다.

"아직은 안 돼, 오유키."

오유키도 오빠 손을 마주 쥐어 주었다. 부모에게 버림받고 이치베에 부부 집에 의붓자식으로 들어갔을 때— 그때 어린아이였는데도 꺼칠꺼칠하게 상했던 오빠의 손바닥과 지금의 매끈한 손바닥은 얼마나 다른지.

그 차이가 이치베에 밑에서 지낸 15년 세월을 말해 준다.

"엄마가 매일 정오 종을 칠 때 담배 가게 앞에 서 있겠대"라고 오유키는 말했다.

"오빠가 어느 가게에 취직해서 일한다고 하니까, 그럼 오빠가 시간 낼 수 있을 때 셋이서 만나재. 언제가 좋을까."

도타로는 잠시 생각하다가 "모레"라고 대답했다. "아버지한테는 비밀로 해."

그리고 오누이는 헤어졌다. 오유키는 만넨바시 다리를 건너는 오빠를 배웅하고 왔던 길을 돌아가기 시작했다.

강바람이 가지를 흔들자 노란 잎들이 팔랑거리며 떨어졌다. 그래, 잊지 말고 은행을 사 가자, 라고 생각한 순간 눈물이 왈칵 쏟아졌다.

후카가와 도미카와초의 나가야 이치베에다나의 관리인 이치베에는 해가 바뀌면 예순다섯이 된다. 동갑내기 아내 오타키는 지난 9월에 예순넷 나이로 갑자기 세상을 떠났다. 졸중으로 쓰러져 이틀을 누워 있다가 그대로 잠자듯 타계했다. 세입자들과 이웃들은, 역시 오타키 씨답네, 호상이야, 라고 수군거렸다.

이치베에와 오타키는 함께 산 지 40년이 되지만 슬하에 자식이 없었다. 스이텐구水天宮 에도 니혼바시에 있던 신사. 규슈 후쿠오카에 있는 스이텐구 신사의 분사. 건강한 출산에 효험이 있다고 하여 젊은 부부의 참배가 많다를 비롯하여 임신에 효험이 있다는 신불이라면 모두 찾아다니며 기도하고 임신에 좋은 것이라면 뭐든 시도해 보았지만 끝내 성공하지 못했다.

나이순으로 오노부, 도타로, 오유키로 이어지는 아들딸은 친자식이 아닌 의붓자식들이다. 그것도 이치베에가 월번 때 미아나 고아라며 누군가 파수막에 데려온 것을 '미아는 부모가 찾아올 때까지, 고아는 그 아이를 원하는 수양부모가 나타날 때까지 마치 관리인이 돌본다'는 관례에 따라 거두었다가 그대로 의붓자식으로 들인 것이다.

장녀 오노부는 혼자 미아로 헤매던 아이였다. 도타로와 오유키는 부모에게 버림받은 오누이였다. 당시 5인조평민 구역인 마치를 관할하는 파수막은 그 동네의 유지들이 월번제, 즉 한 달을 근무하고 교대하는 방식으로 운영되었다. 관할 구역이 크거나 마치 두세 개가 합동으로 운영하는 파수막이면 5인조가 근무하지만 보통은 3인조로 운영되었다의 다른 파수꾼들은 어째서 이치베에 씨가 월번으로 근무할 때만 번거로운 미아나 고아가 나타나는 거야, 라고 수군거리며 의아해했다.

이치베에 부부는 그럴 때마다 자식 없는 우리를 위해 부처님이 보내 주신 게지, 라고 대답했다. 어디서 어떻게 자랐는지 알 수 없는 아이들을 데려다가 용케 잘도 키웠네, 라고 놀라거나 감탄하는 사람에게는, 부처님이 보내 주신 아이들이니까, 라며 웃었다.

세월이 흘러 세 의붓자식은 훌륭하게 컸다. 오노부는 스물두 살이 되었고, 결혼해서 얼마 전에 첫 아이도 낳았다. 이치베에 부부의 첫 손주이다. 도타로는 스물 하나, 니시히라노초의 술도매상 아키타야에 들어가 수석 데다이까지 출세했다. 열여덟인 오유키는 오타키가 세상을 떠날 때까지 고이시카와의 고케닌 저택에서 신부 수업 겸 하녀살이를 하며 주인의 귀여움을 받았다. 그리고 지금은 세 의붓자식이 이치베에의 정신적 버팀목이자 위안이었다.

그날 저녁 오유키는 잊지 않고 사 온 은행을 질냄비에 볶아 저녁상에 올렸다. 정원 가꾸기를 좋아해서 오늘도 하루 종일 양손을 흙투성이로 만들며 일한 이치베에는 벌써 은행이 익었느냐며 반가워했다.

이 집에서는 끼니때면 가족의 밥상 외에 반드시 1인분의 밥상을 따로 차려 공양한다. 생전에 오타키가 미아나 고아를 거둘 때부터 시작한 습관이었다. 어디서 어떻게 지내는지 알 수 없는 친부모를 위한 밥상이다. 오유키도 오타키를 대신하여 이 집안의 가사를 맡으러 돌아왔을 때부터 이 습관을 이어받았는데, 오늘 저녁은 그 공양 밥상을 차리기도, 그것을 쳐다보기도 괴로웠다.

저녁 식사가 끝나자 오노부가 가쓰타로를 업고 찾아왔다. 그녀는 사루에바시 다리 건너에 있는 반찬 가게로 시집가서 남편과 함께 가게를 꾸리고 있다. 생후 세 달인 가쓰타로를 업고 종종 놀러 온다.

오노부는 선물로 받았다는 양갱을 들고 왔다. 이치베에는 단것이라면 사족을 못 쓴다.

"아버지도 참, 오늘도 정원에서 일하셨어요?" 하고 오노부가 물었다.

"어찌 아누."

"손톱 밑이 새카맣잖아요. 질리지도 않으시나 봐."

사실 이치베에가 정원을 애지중지 가꾸는 모습은 지나쳐 보일 정도였다. 비가 오나 바람이 부나 손질을 게을리하지 않았다. 오타키가 죽어 장례를 치를 때도 밤새하는 틈틈이 정원에 나가 일을 했을 정도였다.

하지만 지금은 반려를 잃은 지 얼마 안 되는 이치베에에게 그리 나쁘다고 할 수도 없는 취미였다. 오유키는 차를 새로 타러 부엌에 들어갔다.

거실에서 이치베에가 가쓰타로를 어르는 소리가 들려온다. 오유키가 울음이 터질 것 같아 고개를 숙이자 오노부가 얼른 곁으로 왔다.

"어? 왜 그러니?"

언니는 눈치가 빨랐다.

오유키는 말없이 차 찌꺼기를 소쿠리에 비웠다. 입을 열면 울음이 터질 것 같았다.

"너 요즘 좀 이상해."

오노부는 거실에 있는 이치베에가 들을까 목소리를 낮춰 말했다.

"이상하긴."

"아냐, 많이 슬퍼 보여. 어제 저녁도 그제도 그랬어. 뭔 일 있지?"

오유키는 입술을 꽉 깨물었다. 입술이 하얘질 때까지 그대로 깨물고 있다가 이윽고 숨을 토해 내며 사실대로 말했다.

"엄마를 만났어."

오노부에게도 그 단어는 통한다. 오노부가 놀라며 숨을 삼켰다.

"너를 만나러 왔어?"

"데리러 왔대."

거실에서 이치베에가 가쓰타로에게 '눈 가리고 까꿍' 놀이를 하고 있었다. 아직은 소리 내어 웃지 않는 가쓰타로 몫까지 이치베에가 웃고 있다.

"바보, 울 일이 아니잖아."

오노부는 그렇게 말하며 오유키의 어깨를 안아 주었다.

"어머니가 돌아가시자 친엄마가 나타났네. 아버지한테 다 말씀 드려. 아버지가 늘 그러셨잖아. 만약 친부모가 나타나면 바로 말하라고. 저렇게 따로 밥상을 공양하는 것도 다 그분들을 위해서 잖아."

사실 예전부터 이치베에는 그렇게 말해 왔다. 어려워할 거 없다면서. 그리고 친부모가 오유키 오누이를 데려가고 싶어 해도 오누이에게 그럴 마음이 없다면 절대로 보내지 않겠다. 친부모와 연락하며 살고 싶다면 그렇게 해도 좋다.

하지만……

"아냐, 역시 아버지한테는 말 못 해" 하고 오유키는 낮은 소리로 말했다.

"왜?"

"만약 엄마랑 아버지가 대면하게 되면 엄마가 아버지에게 사실을 다 말할 테니까. 사실이 밝혀지면 아버지는 나와 오빠를 용서하지 않을 거야."

오노부의 눈초리가 날카로워졌다. "그게 무슨 말이니?"

오유키는 멜빵을 꼭 맸다. "우리는 실은 버림받았던 게 아냐."

목소리가 떨려 발음이 트릿해지자 오유키는 숨을 크게 들이마셨다.

"엄마는 아빠가 죽어서 먹고살 길이 막막해지자 우리를 키울 수 없었어. 그래서— 부모한테 버림받은 척해서 다른 집에 의붓자식으로 들어가 있으라고 했어. 언젠가는 꼭 데리러 오겠다면서."

오유키는 언니를 외면한 채 개수대 테두리를 꽉 잡았다.

오노부는 턱을 바짝 당긴 채 눈을 동그랗게 떴다. 오유키가 곁눈으로 보니 그 입가가 움찔거리고 있었다. 언니가 무슨 비난을 퍼부을 것 같아서 오유키는 몸을 도사렸다.

오노부가 웃음을 터뜨렸다. 오유키가 놀라서 돌아다보자 그녀가 말했다.

"세상에. 너희도 그랬구나."

한밤중에 이치베에가 깊이 잠든 것을 확인하자 오유키는 오노부의 집으로 건너가 불단속이 끝난 반찬 가게의 싸늘한 점포에서 언니와 마주앉았다. 오노부의 남편은 2층에서 가쓰타로와 함께 잠자고 있다.

"웃을 일은 아니지만."

그렇게 말머리를 놓으며 오노부는 자기 내력을 들려주었다. 그녀의 부모는 모두 여섯 명의 아이를 낳았는데, 자식들을 가게에 취직시키고 급료를 선불로 받거나 여기저기 팔아넘겨서 그 돈으로 먹고사는 한심한 남녀였던 모양이다. 오노부를 미아로 만든 것도 그게 처음이 아니었고, 더구나 미아가 생기면 그 지역 파수막에서 맡아 준다는 관습도 다 알고 하는 잔꾀였다고 한다.

"나, 그 전에도 여기저기서 미아가 되었었어" 하고 오노부는 말했다. "그때마다 그곳 파수꾼이나 유지 집에 맡겨졌지. 그렇게 반년이고 1년이고 그곳에서 살다가 돈 될 만한 물건이 어디 있는지 파악하면 그걸 챙겨서 달아나는 거야. 그리고 아빠 엄마 집으로 돌아가는 거지."

그녀는 다섯째였고, 오빠와 언니들이 부모에게 먹잇감이 되는 것을 질리도록 보아 왔으므로 이 정도는 일도 아니라 생각하고 있었다. 창녀로 팔려 가는 것보다는 훨씬 낫지 않느냐면서.

오유키는 잠시 할 말을 잃었다. 그것은 미아가 된 척하며 다른 집에 신세 지는 것 이상으로 공이 많이 드는 악행이다.

"그런 짓이 나쁘다는 건 알고 있었지만 미아가 되어 맡겨진 집에서도 그리 좋은 일만 있었던 것은 아니어서 그다지 뒤가 켕기거나 하진 않았어."

먼 곳을 보는 눈길로 오노부는 계속 말했다.

"세상이 이런 거구나, 하고 체념해 버렸지."

하지만 이치베에 부부 밑에서는 사정이 달랐다. 이치베에 부부 밑에 들어가 보름쯤 지나서 오노부가 친부모에게 상황을 알리러 가려고 처음으로 말없이 집을 떠났을 때—.

"어머니가 눈빛이 변해서 거의 실성한 사람처럼 나를 찾아다녔던 거야."

그런 일은 처음이었어, 믿기지 않을 만큼 기뻤어…… 하고 오노부는 말했다.

"더는 아버지 어머니 곁을 떠나고 싶지 않았어. 친아빠 친엄마 곁에는 다시 돌아가고 싶지 않았어. 그래서 정말 그렇게 했지. 다시는 돌아가지 않았어, 그 집에는."

"그래도 괜찮았어?" 오유키가 물었다. "기대가 어긋나서 친부모가 화가 났을 텐데. 언니를 찾아서 여기로 쳐들어오지 않았어?"

오노부는 말끝을 살짝 흐렸다. 눈동자가 흔들렸다. 그리고 웃으며 대답했다.

"내가 잘 처신했거든. 내가 어느 집에서 지내는지 친부모한테 정확하게 알리지 않았어. 그래서 내가 연락을 끊어도 나를 찾을 길이 없었지."

오노부는 어깨를 살짝 움츠렸다. 오유키가 물었다.

"그 일을 아버지와 어머니에게—."

"전혀 얘기하지 않았어. 얘기할 수 없었지" 하고 오노부가 말했다. "하지만 혼담이 들어왔을 때 전부 고백했어. 시집갈 생각이 없었으니까. 친부모의 그런 나쁜 피를 물려받은 여자가 시집가서 아이를 낳으면 안 된다고 생각했으니까."

"아아, 그래서……."

오유키는 고개를 끄덕였다. 오노부는 지금의 남편에게서 혼담이 왔을 때 처음에는 완강하게 거부했다.

"그래서 이제 쫓겨나도 내 탓이라 생각하고 사실대로 말한 거야."

"아버지 어머니는 뭐라고 하셨어?"

오노부의 눈초리가 풀어지며 따뜻한 선이 떠올랐다.

"애야, 진심으로 말하는데, 너는 이제 우리 딸이야. 여기 오기 전에 무슨 일이 있었는지는 아무 관계도 없다. 시집가서 행복하게 살고 손주도 보여 줘, 그렇게 누누이 말씀하시더라."

오노부는 양손을 꼭 쥐고 있었다. 마치 이치베에 부부의 그 말이 생명줄이어서 지금도 그 줄에 매달려 살아가는 것처럼.

"용서를 받은 기분이었어" 하고 작은 소리로 말했다. "그래서 시집도 가기로 한 거야. 이런 아버지 어머니에게 손주를 안겨 드리고 싶다. 힘껏 효도해서 지금까지 받은 은혜를 갚자고 생각했지."

오노부는 다시 한 번 오유키의 어깨를 안아 주었다.

"그러니까 너도 마음고생하지 말고 아버지에게 다 말씀드려. 상황이 나빠지진 않을 테니까."

오유키는 말없이 언니 손을 꼭 잡았다.

오노부, 도타로, 오유키 세 사람은 저마다의 잠자리에서 베개를 베고 각자 상념에 빠져 컴컴한 천장을 올려다보았다.

도타로는 눈을 뜨고 어둠을 노려보고 있었다. 옆에는 한 방을 쓰는 데다이가 자고 있다. 지금도 뒤척이며 뭐라고 웅얼거린다.

—엄마가 만나러 왔다고?

도타로는 속으로 중얼거렸다.

—약속이 틀리잖아.

10년 전. 도타로와 오유키가 이치베에 부부의 의붓자식이 된 지 5년째 되는 봄날이었다. 엄마가 몰래 도타로를 만나러 왔다.

당시 엄마는 새 줄무늬 옷을 입고 있었다. 화장이 짙고 목깃은 뒤로 쳐져 있었다무대에 오르는 사람이나 유녀는 기모노를 입을 때 목깃 뒤쪽을 등 쪽으로 헐렁하게 내려 입었는데, 이는 헤픈 옷차림으로 여겨졌다. 어린 도타로의 눈에도 엄마가 어떤 생활을 하는지 짐작이 갔다.

보살펴 주는 아저씨가 생겼다고 엄마는 말했지만 그 아저씨에게 자식이 있다는 말은 하지 않았다고 했다. 이야기하면 떠날지 모른다면서.

너희 행복하니? 잘 지내고 있는 것 같더구나, 하고 엄마는 말했다. 동네에서 평판을 들었단다. 이치베에 씨라는 사람은 좋은 분 같더구나.

도타로는 볼이 통통해졌고 키도 훌쩍 컸다. 입고 있는 옷에도 여기저기 기운 자리는 보이지 않았다. 엄마는 그것을 눈여겨보았던 것이다.

—너희가 행복하게 지내고 있으니 엄마도 마음이 놓인다. 부디 거기서 착하게 지내렴. 이기적이라고 여길지 모르지만 엄마도 엄마의 인생을 살고 싶어. 이제는 데리러 올 수 없단다…….

엄마가 죽었다고 생각하렴. 그 말을 남기고 돌아갔다.

도타로는 그 일을 오유키에게 말하지 않았다. 가슴이 쓰리고 괴로워 차마 말할 수 없었다. 조금 더 크면 말해 주자 생각하며 오늘날을 맞고 말았다.

그런 엄마가 만나러 왔다. 그 뒤로 10년이 지난 지금. 엄마 사정으로 흘려보낸 10년 세월이었는데.

왜 이제 와서— 어금니를 깨물며 도타로는 생각했다. 자기밖에 모르는 사람.

엄마를 만나면 뭐라고 말하나. 엄마는 10년 전 도타로에게 했던 말을 오유키한테도 솔직하게 하려나? 두 사람을 완전히 포기했었다고 솔직하게 말할까?

아니면 잊은 척하려나?

이제 와서 내가 그 이야기를 오유키에게 밝히는 것은 의미도 없고 가혹하기만 한 일일까? 너는 엄마한테 진짜로 버림을 받았었다고 오유키에게 알리는 것은.

—그 얘기는 내 가슴에만 담아 두는 게 좋을지 모른다.

뒤척이며 도타로는 생각했다.

그날 밤 오유키도 상념에 빠져 있었다. 옆방에서는 이치베에가 잠자고 있다. 오유키가 덮고 있는 이불도 오타키가 죽기 전까지 덮었던 것이다. 오타키의 냄새가 배어 있다.

아버지에게 사실대로 말하자. 전부 말하고 아버지와 함께 엄마를 만나는 거야— 거기까지는 결심했다. 해답은 이미 찾았다. 언니 오노부 덕분이다.

하지만 얼마나 신기한 일인지. 언니에게도 그런 사정이 있었다니. 얼마나 가슴이 무거웠을까.

—언니는 정말로 우리와 똑같은 처지였구나.

밝힐 수 없는 비밀.

—그리고 보니…….

어둠을 응시하며 오유키는 멍하니 오타키의 얼굴을 떠올렸다.

오유키가 여섯 살 때였다. 어찌된 일인지 밤마다 엄마 꿈을 꾸다가 깨어나는 날이 계속되었다. 오유키가 깨어나 울면 오타키가 일어나 달래 주었다.

어느 날 밤, 역시 그렇게 깨어났을 때, 오유키는 잠자리에서 일어나 오타키를 찾았다. 하지만 오타키는 잠자리에 없었다. 불기운이 없는 거실에 덧문을 조금 열어 놓고 거기 앉아 뜰을 내다보고 있었다.

오타키는 울고 있었다. 소리 죽여.

오유키는 깜짝 놀라 차마 말을 걸지 못했다. 도망치듯 방으로 돌아갔다. 이튿날 일어나 보니 오타키는 평소와 다름없는 얼굴로 일하고 있었다.

그건 무엇이었을까. 오유키는 그 일을 아무에게도 말하지 않았다. 도타로에게도 이치베에게도. 말을 하면 오타키에게 미안할 것 같았다. 오타키가 세상을 떠난 지금은 그날 밤 눈물의 이유를 물을 수도 없게 되었다.

─앞으로도 그 일은 묻어 두자.

어머니의 비밀이야, 라고 생각했다. 나와 오빠와 언니가 저마다 비밀을 품고 있었던 것처럼 어머니에게도 남에게 말할 수 없는 무엇이 있었겠지…….

오노부 옆에서 남편이 코를 골고 있다. 가쓰타로는 곤하게 잠들어 있다.

오유키의 이야기는 놀라웠다. 우리 세 사람 모두 사연 있는 아이들이었다니. 그런 내력을 꽁꽁 숨겨 온 도타로와 오유키의 마음을 생각하니 가슴이 미어졌다. 귀여운 여동생이었다. 도타로도 오노부가 자랑스러워하는 동생이다.

오노부는 눈을 감고 오유키와 나눈 이야기를 떠올렸다.

─오유키에게 거짓말을 하고 말았구나.

오유키에게도 말하지 않은 것이 있다. 그것은 이치베에 부부에게도 말하지 않은 일이다. 오노부의 마음속에 자물쇠를 채워 둔 이야기. 그것만은 죽어도 발설할 수 없다.

오유키가 매우 예리한 질문을 했었다. 오노부가 이치베에 집에 계속 지내기로 한 뒤로 친부모가 찾아오지 않았느냐고 물었다.

찾아왔겠지. 그대로 두었다면.

그날 밤— 두 번째로 친부모 집으로 돌아갔던 그날 밤.

나이는 어렸지만 오노부도 궁리하고 있었다. 이대로 이치베에 부부 곁에서 살려면 어떻게 해야 할까. 어린 딸을 먹잇감으로밖에 여기지 않는 친부모에게서 도망치려면 어떻게 하면 좋을까. 하지만 방법도 없고 당장 대책도 없었다. 일단은 친부모에게 얼굴을 비치고 상황을 알려 주며 시간을 버는 수밖에 없었다. 친부모에게 돌아가면 빨리 돈 될 만한 걸 찾아내라고 매질을 할 게 틀림없지만, 그래도 어쩔 수 없다.

당시 친부모는 무코지마에 있는 허름한 공동주택의 제일 후미지고 지저분한 방에서 이웃들의 따돌림을 당하며 살고 있었다. 오노부는 어두운 밤 시간을 틈타 그 집에 찾아갔다.

도착해 보니 부모는 술에 취해 잠들어 있었다. 집 안은 온통 어지럽혀져 있고 술 냄새로 차 있었다. 이치베에 집에서 처음으로 따뜻한 대접을 받고 평범한 일상의 따뜻함을 알게 된 오노부의 눈에는 친부모 모습이 전보다 더 천박해 보였다.

—이런 부모는 없는 게 나아.

그때 엄마가 잠결에 뒤척이다 발치에 있던 사방등을 넘어뜨렸다. 이내 기름이 쏟아져 불이 화르르 번지기 시작했다.

—내 가슴에도 불이 번지는 것 같았지.

천장을 응시하며 오노부는 기억을 떠올렸다.

깨우지 말자는 생각이 퍼뜩 떠올랐다. 옷에 불이 옮겨 붙으려 하는데도 엄마는 알아채지 못하고 잠들어 있었다. 아빠는 머리 위로 기름이 흘러오는데도 코를 골고 있다. 신령님이 나에게 도망치라고 외치고 있어. 그냥 도망치라고 하잖아.

그래서 오노부는 힘껏 달아났다.

친부모하고는 그것이 마지막이었다. 아마 불에 타 죽었을 것이다. 그랬으면 좋겠다고 지금도 생각하는 자신이 끔찍하기는 하지만, 그래도 그러기를 바란다.

이것만은 아무한테도 말할 수 없다. 말해 버리면 소중한 것이 망가져 버린다. 내가 앞으로도 절대로 말하지 않게 해 주세요, 하고 오노부는 진심으로 빌며 살아 왔다.

앞으로 최대한 노력하여 그들에게 잘하자. 이치베에, 도타로, 오유키를 위하여, 남편과 가쓰타로를 위하여, 그들의 행복을 위하여 어떤 일이라도 하자.

그러니까 부디 그날 밤 있었던 일만은 평생 내 가슴에만 담아 두게 해 주십시오.

세 사람에게 저마다의 밤이 깊어 간다.

이튿날.

이치베에는 툇마루에서 담배를 피우며 오유키가 몸을 조금 숙이고 조심스레 길을 건너 담배 가게 쪽으로 걸어가는 것을 보았다.

지난 며칠간 이치베에는 낯선 중년 여인이 그의 집 입구를 골똘한 눈빛으로 쳐다보고 있다는 것을 일찌감치 알고 있었다. 어쩌면— 하고 생각했다.

이치베에는 불단에 새로 올린 오타키의 위패를 쳐다보았다. 오타키, 아무래도 또 무슨 일이 생길 것 같아. 오노부 때도 놀랐지만, 이번에는 또 무슨 일일지…….

이치베에는 간밤에 공양해 둔 밥상을 쳐다보는 오유키의 눈빛이 어두웠다는 것을 떠올렸다. 그 아이들에게는 늘 저 공양 밥상은 너희 친부모를 위한 것이라고 말해 왔다. 실은 다른 사람을 위한 밥상이라는 것은 이치베에와 오타키 두 사람만의 비밀이었다.

예전에 부부가 아기를 낳지 못해 안타까워하고 있을 때였다. 스이텐구 신사에 기도하러 갔을 때, 무슨 마가 끼었는지 오타키가 실성한 사람처럼 어느 참배객의 아기를 부모 몰래 가로채어 집으로 와 버린 일이 있었다.

이치베에는 경악했다. 단 하루라도, 라며 눈물로 애원하는 오타키를 말리지 못해서 하루를, 너무 불쌍해서 그만 또 하루를, 하는 식으로 아기를 곁에 두고 말았다.

하지만 남들 몰래 아기를 키우기란 쉬운 일이 아니었다. 오타키와 아기를 다른 데로 옮기는 등 이런저런 꾀를 썼지만, 그런 무리한 짓에는 반드시 탈이 따르게 마련이다. 아기는 마침내 눈에 띄게 쇠약해지고 의원에게 데려갈까 말까 망설이는 사이에 허망하게 죽고 말았다.

이치베에는 남몰래 뜰에 구덩이를 파고 아기를 묻었다. 그 자리에 많은 꽃나무를 심었다.

그 뒤로 오타키는 이미 이치베에가 알던 그녀가 아니게 되었다. 자꾸 울며 자책하고 허공을 향해 용서를 빌었다. 이치베에가 달래도 자신이 저지른 짓은 신령님도 용서치 못할 거라면서 목까지 매려고 했다.

그래서 이치베에가 오타키에게 말했다. 앞으로 우리 동네에서 발견되는 미아는 어떤 사연이 있든 간에 다 우리가 데려다가 귀하게 키워 보지 않겠나. 우리가 죽인 아기에게 속죄하는 의미로.

그것이 두 사람이 평생 숨겨 온 비밀이었다.

뜰은 정성껏 가꾸어 왔다. 철철이 꽃을 볼 수 있도록 다양한 꽃을 가꾸고 아이들에게 한 발도 들어가지 못하게 했다. 공양 밥상을 차리는 일도 하루도 거르지 않았다.

그렇게 살던 오타키는 마침내 그 비밀을 짊어지고 무덤으로 들어갔다.

길 건너편에서 오유키가 되돌아온다. 혼자였다. 적어도 오늘은.

이치베에는 담배를 끄고 뜰로 내려섰다. 올가을은 도라지꽃이 흐드러지게 피었다.

음모

후카가와 요시나가초에 있는 마루겐 나가야에는 사람들에게 제법 자랑할 만한 것이 하나 있다. 나가야가 생기고 지금까지 10년간 단 한 번도 대화재에 휩쓸린 적이 없고 소소한 화재 사고도 없었다는 사실이다.

에도 시중에서 10년을 살다 보면, 불티를 직접 뒤집어썼든 아니든 가까이서 대화재나 소소한 화재를 적어도 서너 번은 겪게 마련이다. 그런 일이 단 한 번도 없다는 것은 희귀한 정도가 아니라 거의 신들린 일이라고 표현해도 무방하리라. 올해 56세에, 늙은 아내와 노처녀 딸과 통풍으로 고생하는 다리를 건사하며, 반년에 한 번씩 분뇨 값이 들어올 때면 비장해 둔 교쿠로일본의 고급 엽차와 함께 도라야의 양갱 하나를 맛보는 것이 유일한 낙이라는 마루겐 나가야의 관리인 구로베에는 이것을 큰 자랑거리로 삼고 있다.

아니, 삼았었다고 해야 할까.

왜냐하면 벌써 첫서리가 내렸네, 올해도 꽤 춥겠는걸— 하며 사람들이 인사를 나누는 초겨울 어느 아침에 마루겐 나가야 주민 가운데 한 사람이 이웃집에 찾아가 장지를 드르륵 열어 보니 4첩 반짜리 다다미방 한가운데 다른 이도 아닌 구로베에가 난로 쬐는 고양이처럼 등을 구부리고 죽어 있었기 때문이다.

"뭐 해요, 관리인님!"

장지문에 손을 댄 채 마쓰키치는 큰 소리로 말했다. 구로베에를 향해서다. 관리인은 아무리 봐도 평소의 관리인답지 않은 모습을 하고 있었지만, 얼굴은 관리인이 틀림없었다.

"그런 데서 뭐 하는 거냐고요!"

구로베에는 대답이 없었다. 두 눈을 부릅뜨고 가슴 앞 옷을 쥐어뜯을 것처럼 쥐고 있다.

마쓰키치는 주위를 둘러보았다. 좁은 봉당에 작은 화덕을 둔 부엌에 긁힌 자국투성이의 귀틀. 방 안 구석에 앉은뱅이 책상이 놓여 있고 그 옆에는 서견대. 그리고 개켜 둔 이불이 반대쪽 구석에 쌓여 있다.

"관리인님 맞죠?"

마쓰키치는 더 크게 불러 보았다. 역시 대답이 없다. 구로베에

는 꼼짝도 하지 않았다. 마쓰키치는 고개를 갸우뚱하고 일단 밖으로 나가서,

"어이, 오카쓰, 오카쓰!" 하고 아내 이름을 부르며 바로 옆 자기 집으로 돌아갔다.

"왜요?"

고개를 내민 오카쓰는 서른을 넘긴 조금 드세게 생긴 여인이다. 그러나 동그란 눈에는 애교가 있고 피부도 희고 곱다.

"이봐, 오카쓰, 관리인님이 있네."

남편 말에 오카쓰는 커다란 얼굴을 찡그렸다.

"당연히 있겠죠. 곤겐 님에도 막부를 창시하여 백성들 사이에 신격화되어 있던 도쿠가와 이에야스를 이르는 존칭께 애원한대도 어디로 사라져 주실 분이 아니니까."

"그게 아니라, 여기 있는데?" 하고 마쓰키치는 방금 나온 장지문을 가리켰다. "여기가 관리인님 집인가?"

"무슨 잠꼬대예요? 거긴 선생 집이잖아요."

"하지만 관리인님이 있더라니까."

"관리인님이 아침 댓바람부터 선생 댁으로 월세 받으러 오셨나?"

"선생은 없던데? 관리인님뿐이야."

오카쓰는 눈을 깜빡거렸다.

"선생은 어디 있어요?"

오카쓰가 묻자 마쓰키치는 곰곰히 생각하는 표정을 짓더니 문

득 표정이 밝아지며 웃었다.

"그렇지, 관리인님이 선생 댁에 있는 걸 보니 선생은 관리인님 댁에 있겠군."

"뭐요? 잠깐만요."

마쓰키치는 동산바치로, 오기야초의 다쓰조 사부 밑에서 일하고 있다. 사부는 늘 마쓰키치가 나무나 풀과 이야기할 수 있다, 나무나 풀이 원하는 대로 깎아 주니까 모양이 보기 좋다고 칭찬하지만, 오카쓰가 보기에 그는 초목과 말이 통하는 만큼 사람들과 소통하지 못하는 구석이 조금 있는 남자다.

오카쓰는 얼른 마쓰키치에게 다가섰다. 그의 팔꿈치를 꼭 잡고 목을 길게 뽑아 절반쯤 열려 있는 장지문 틈새로 안을 들여다보았다.

"선생님? 안에 계세요?"

선생이라는 것은 통칭이고, 본명은 가야마 마타에몬이다. 낭인이지만 마루겐 나가야에서는 유일한 사무라이이다. 읽기 쓰기는 물론 산술도 능해서 오카쓰네 아이를 비롯해서 나가야 아이들에게도 이것저것 가르쳐 준다. 그래서 선생 소리를 듣는 것이다.

오카쓰도 아이들이 도움을 받으면서 선생과 이야기를 나누게 되었다. 마루겐 나가야의 부인들 중에서는 선생과 제일 친하지 않으려나. 그래도 선생의 내력에는 알 수 없는 점이 많다.

나이는 오카쓰보다 열 살 정도 많을 테니까 마흔 정도는 되었을 것이다. 사무라이 나이는 짐작하기 힘들다. 가족은 없고 찾아오는 손님도 없다. 봉록을 잃은 것을 몹시 부끄러워하는 기색도 없고, 가난뱅이 고케닌으로 사느니 같은 가난뱅이라도 지금이 훨씬 속편해서 좋다고 후련하게 말하기도 한다. 데라코야를 열면 되지 않겠느냐고 권해도 이제 와서 번거롭다며 웃고 우산살에 종이를 바르거나 대필 일처럼 날품팔이 같은 일을 하며 하루하루 빠듯이 살고 있는 사람이다.

"선생, 오카쓰예요."

몇 번을 불러도 대답이 없다.

"당신, 여기서 움직이지 말아요."

오카쓰는 마쓰키치에게 명령했다. 그리고 천천히 문지방을 넘었다.

과연 마쓰키치가 말한 대로 선생은 없고 그 대신 관리인이 있다. 선생의 방 한복판에 흰자위를 드러내고 몸을 비튼 채 쓰러져 있었다.

아무리 봐도 죽은 것 같다.

하지만 만에 하나라는 게 있다. 오카쓰는 숨을 죽이고 발소리 죽여—왜 그래야 하는지 본인도 잘 모르지만—관리인에게 다가가 말을 건넸다.

"관리인님, 뭐 하세요?"

구로베에는 부릅뜬 눈으로 천장을 노려보고 있다. 벌떡 일어나, 뭐야, 오카쓰인가? 어이구, 나도 모르게 잠들고 말았군, 하고 웃는— 그런 일은 없었다.

오른손 둘째 손가락 하나만 내밀어 오카쓰는 관리인 어깨를 쿡 쿡 찔렀다.

"관리인님?"

구로베에는 움직이지 않았다.

차분한 줄무늬 비단옷의 감촉— 정확히는 손가락 끝의 느낌— 만이 느껴졌다.

구로베에가 잘 입고 다니는 옷이다.

이건 틀림없이 관리인이다. 그 자리에 멀거니 선 채 오카쓰는 숨을 크게 들이마셨다가 토해냈다.

—대체 어떻게 된 일이지?

오카쓰는 가슴이 점점 크게 뛰는 것을 느꼈다. 그 두근거림은 선생 댁에 조림반찬을 가져다주거나 선생이 부탁한 바느질거리를 가져다주거나 선생과 잠깐 서서 이야기하거나 할 때 느끼는 기분 좋은 설렘은 아니었다.

선생은 집에 없고 선생 집에 엉뚱하게 관리인이 죽어 있다. 그 것도 심상치 않은 표정으로.

관리인이라면 어제도 만났다. 아니, 매일 얼굴을 본다. 바로 저 기 길가의 여염집을 빌려 살며 매일 한 번은 나가야 상황을 살펴보러 오니까. 우물은 지저분하지 않은지, 변소는 깨끗이 쓰고 있는지 야반도주한 세입자는 없는지. 언제 만나도 잔소리가 많고 거침없이 말하고 얄미울 정도로 건강하고 활기 넘치는 사람이었다. 병이라고는 엎드려 빌어도 걸린 적이 없다. 그 관리인이 덜컥 죽을 수도 있단 말인가.

더구나 저 얼굴. 죽어도 삼도천 따위는 건너고 싶지 않다고 이승 쪽 나루 기둥에 매달려 있는 것을 억지로 떼어낸 듯한 얼굴이다—.

선생이 관리인을 해친 걸까?

하지만 선생에게 그런 짓을 할 이유가 없지 않은가. 월세? 선생도 꽤 많이 밀린 것 같으니…… 하지만 관리인은 선생을 좋게 보고 있어서 자기 집에 재촉하러 올 때처럼 정나미 떨어지는 소리는 하지 않았다. 인사도 관리인이 먼저 하고…… 게다가 낭인은 가난뱅이 주제에 콧대만 높아서 질색이라, 내가 담당한 나가야에는 받아들일 수 없다고 말하던 관리인이 선생에게만은 입주를 허용했다. 깊이 믿었던 것이다. 그러므로 선생도—.

그래, 아무리 생각해도 선생이 관리인을 어떻게 했을 리는 없다. 오카쓰는 힘주어 고개를 주억거렸다.

하지만 이대로는…… 이대로 관리인이 발견된다면 역시 선생이 의심을 받게 되지 않을까. 그런데 선생은 아침 댓바람부터 어딜 싸돌아다니고 있을까.

거반 화가 나서 그렇게 생각할 때, 그러고 보니 어제 하루 종일 선생을 본 적이 없었다는 생각이 들었다. 어제는 부업으로 하는 달력 제작이 바빠 오카쓰도 경황이 없었다.

그제는? 그제는 어땠지? 선생은 집에 있었나? 그 전에는? 선생을 언제 만났었지?

생각을 시작하니 머릿속이 팽이처럼 뱅뱅 돌았다. 오카쓰는 뱅뱅 도는 팽이를 멈추려고 양손으로 관자놀이를 꾹 눌렀다.

나 혼자서는 벅차다. 누군가에게 알려야 한다. 하지만 누구한테? 선생을 제외하면 지금 이 마루겐 나가야에는 여섯 가구만 살고 있다. 오카쓰와 마쓰키치 부부, 그 건너편 바구니 장인 요스케 부부, 막다른 집에서 혼자 근근이 땜장이로 살아가는 겐지로 노인, 노인 건너편의 불도장 장인 가스케 부부, 그리고 그 안쪽의 신나이부시 사범 간판을 걸고 있지만 실은 무엇으로 먹고사는지 뻔한 게이샤 출신의 오코마라는 여인이 있고, 가장 통풍이 안 좋은 변소 옆에는 배우가 되려다 그만둔 소메타로라는 젊은이가 혼자 똬리를 틀고 지내고 있다. 그 가운데 누구? 누구라도 이 상황을 보면 선생을 의심할 게 틀림없는데.

"뭐야 오카쓰 씨, 뭐 하고 있어?"

부르는 소리에 오카쓰는 한 자 정도 펄쩍 뛰어올랐다. 돌아보니 장지문에서 얼굴을 들이밀고 요스케가 이쪽을 들여다보고 있었다.

오카쓰는 얼른 말은 못하고 입만 뻐끔거렸다. 쓰러져 있는 관리인을 가리려고 어설프게 두 팔을 쳐들었지만 그게 도리어 눈길을 끌어 요스케가 놀라는 얼굴로 봉당에 들어섰다.

"이거 뭐야— 관리인님 아냐?"

오카쓰는 맥이 풀리는 것을 느꼈다. 요스케는 나이는 젊지만 침착하고 머리도 매우 좋다. 더는 얼버무릴 수 없다.

관리인의 죽은 얼굴을 흉내 내는 것처럼 요스케는 눈을 휘둥그 레 뜨고 있다.

"죽은…… 거 아닌가?"

"그래, 맞아" 하고 오카쓰는 힘없이 고개를 떨어뜨렸다. "아까 우리 그이가 잠깐 볼일이 있어서 선생 댁에 찾아와 보니 이런 일 이."

요스케는 주위를 둘러보았다. "선생은?"

"없어. 외출한 모양이야."

"그럼 왜 관리인님이 여기 있지?"

오카쓰는 잠자코 고개를 저었다. 그러다가 문득 떠올렸다.

"우리 그이는?"

"변소에 갔어. 나도 소변보러 가려고 여기 앞을 지나가는데 마 쓰키치 씨가, 마누라가 이 자리에서 움직이지 말라고 했지만 너 무 소변이 마려우니까 잠깐 자기 대신 서 있어 달라고 해서."

"하여간 도움이 안 되는 인간이라니까."

라고 말하는데 마쓰키치가 문 안으로 얼굴을 디밀었다. "오카 쓰, 아직이야?"

뭐가 아직이야, 하고 중얼거리며 오카쓰는 말했다. "당신은 집 에 가 있어. 일 나가는 건 잠깐 미루고. 알았지?"

알았어, 하고 얌전히 말하고 마쓰키치는 집으로 돌아갔다. 오 카쓰는 한숨을 지었다.

요스케는 낯을 찡그리고 있었다. 안 그래도 작은 눈을 가가미

모치에 난 금처럼 가늘게 뜨고.

"관리인님— 자연스럽게 죽은 것처럼 보이진 않네. 뭔가 원한에 사무쳐 죽은 듯한 얼굴이야. 바로 어제까지만 해도 팔팔하던 사람이니까 병 때문도 아닐 테고."

요스케도 역시 선생이 수상하다고 말할 게 뻔하다— 그렇게 체념하며 그래도 떠보는 듯이 낮은 목소리로, 오카쓰는 말을 꺼내보았다. 그러자 요스케는 한 손으로 얼굴을 쓱 문지르고, 그것으로 뭔가를 씻어낸 듯이 오카쓰의 얼굴을 똑바로 보았다.

"물론 이건 자연스러운 죽음은 아니야. 일이 곤란해졌네."

손을 뻗어 절반쯤 열려 있던 장지문을 닫고 낮은 목소리로 말했다.

"대체 누구 짓일까."

오카쓰는 가슴이 답답해졌다.

"여긴 선생 집이잖아……."

"하지만 선생은 집에 없잖아? 아마 어제부터 없던 게 아닐까? 내내 보이질 않았거든. 관리인님도 신경이 쓰였겠지. 그래서 오늘 아침 일찍 혹은 어젯밤 늦게인지 모르지만 역시 살펴보러 왔다가 선생이 집에 없다는 걸 알고 불단속은 잘 됐는지 소소한 걱정이 들어 여길 들여다보았고, 그때 나쁜 놈과 맞닥뜨리고 만 게 아닐까."

오카쓰는 입을 벌리고 숨을 들이마시고, 그래……? 하고 납득하면서도 숨을 토해냈다. 긴 안도의 한숨이 되었다.

"그래, 그런 생각도 해 볼 수 있지."

"뭐야, 오카쓰 씨는 뭘 생각했던 거야?" 그렇게 말하고 요스케는 웃음을 터뜨렸다. "설마 선생을 의심했던 건 아니겠지?"

오카쓰는 말없이 요스케를 보았다.

"그만해. 왜 선생이. 게다가 만약 선생이 뭔가 화가 치밀어 관리인님을 죽이려고 했다면, 썩어도 준치라고 사무라이는 사무라이야. 이런 식으로 죽이겠어? 에잇, 하고 단칼에 베었지. 그 선생이 검술을 모를 리는 없을 테고."

듣고 보니 그렇다. 구로베에의 죽음은 아름다운 것은 아니지만 적어도 몸에 상처가 없고 피도 흘리지 않았다.

"그럼, 어떡하나." 요스케가 중얼거렸다. "이걸 계속 숨겨 둘 수는 없고."

세입자들이라도 분쟁이 있거나 수상하게 죽은 사람이 나올 때는 재빨리 처리하러 오는 것이 관리인의 소임이다. 그런데 지금은 그 관리인이 처리되기를 기다리고 있는 입장이다.

"나가야 사람들에게 알리자고." 오카쓰는 말했다. "사람들의 반응을 봐 두어야겠어."

요스케는 미간을 찡그렸다. "나가야 세입자 가운데 누군가가 죽였을지도 모른다는 건가?"

"그래. 전혀 생각해 볼 수 없는 일은 아니잖아?"

선생에 대한 깊은 의심이 풀렸으므로 오카쓰는 편하게 사고할 수 있게 되었다. 그래서 타고난 두뇌가 움직이기 시작한 것이다.

"이유는 알 수 없지만, 누군가 궁지에 몰려서 관리인님을……
그리고 이미 도망쳐 버렸는지 모르지. 우선은 말이지, 지금 모두
가 각자의 집에 있는지부터 확인하는 게 먼저 아닐까?"

다행히 마루겐 나가야 사람들은 선생을 제외하면 모두 집에 있
었다.

아이들은 알아서 놀게 놔두고 일동은 선생 집에 모였다. 봉당
이 좁아 절반은 밖에 있어야 했다.

"관리인님이 이렇게 되시다니, 세상에……." 땜장이 겐지로 노
인은 혼자 눈물을 글썽이고 있다. "나무아미타불, 나무아미타불."

노인 옆에는 가스케 부부가 묘하게 메마른 눈으로 서 있다. 의
외였던 것은 신나이부시 사범 오코마로, 어떤 얼굴을 하고 있는
지 오카쓰가 지켜보는 가운데 화장한 볼에 한 줄기 눈물이 흘러
내리더니 와락 오열했다.

"좋은 분이었는데……" 하며 우는 소리로 중얼거린다.

오카쓰는 언짢은 느낌이었다. 오코마의 이 울음은 두터운 안감
이 붙어 있는 것 같았기 때문이다.

요스케의 아내 오히나는 아직 나이도 어리고 얌전한 성격이어
서 요스케 등 뒤에 숨듯이 서 있었다. 그리고 오코마의 눈물을 찬
찬히 바라보고 있다.

오코마는 더욱 교태를 부리며 울었다.

"관리인님은 부처님처럼 자상한 분이었어. 나는 이제 어쩌면

좋아……."

"그렇게 낙담하는 걸 보니 꽤 신세를 지고 있었나봐."

오코마는 킁, 하고 코를 풀고 고개를 끄덕였다. "뭐 어려운 거 없느냐고 늘 신경 써 주시고 집세도 크게 깎아 주시고."

이 말에는 오카쓰도 요스케 부부도 가스케 부부도 눈을 휘둥그레 떴다.

"정말?"

"내가 왜 거짓말을 하겠어. 한번은 관리인님이 옷도 지어 주신 적이 있는데."

이 여자는 은혜는 잊지 않으나 때와 장소를 헤아리지 못하는 사람인 듯하다.

"그래서, 당신은 그 대신 뭘 해드렸고?" 억양 없는 말투로 물은 것은 가스케의 부인 오후지였다. "옷을 마련해 준 보답으로 말이야."

"아무것도." 오코마는 시비 걸면 맞받아쳐 주겠다는 얼굴로 턱을 획 쳐들었다. "방긋 웃으며 고마워요, 하고 인사하면 충분했어, 나는."

요스케가 어이없다는 듯이 고개를 젓고 있다. 오후지가 날카롭게 일갈했다. "못생긴 게 주접은."

"뭐라고!"

"아, 아, 그만, 그만" 하며 오카쓰가 끼어들었다. "시신 앞이잖아."

"지 얼굴이 냄비 바닥 같으니까 샘이 나나 보지?" 하며 오코마는 끈질기게 독설을 퍼부었다. 그러자 오후지가 다시 열을 낸다. 남편 가스케가 그녀의 팔을 잡고 말렸다.

"그만둬, 오후지."

그러더니 일동의 얼굴을 둘러보았다.

"이렇게 모여서 뭘 하자는 겁니까. 이 가운데 누가 관리인님을 해치지 않았는지, 그걸 확인하기 위해 모인 겁니까."

그러자 요스케도 조금 주눅이 들었다. 그 얼굴을 날카롭게 쳐다보며 가스케는 말을 이었다.

"어차피 관에 신고하면 여기저기 조사가 시작될 것이고, 일찌감치 분명히 말해 두지요. 우리 부부는 제일 의심 받기 쉬울 테니까."

"가스케 씨가?"

"아니, 나는 아무 짓도 안 했소. 하지만 오카쓰 씨, 관리인님 몸에 예전 우리 부부와 옥신각신한 흔적이 남아 있어요. 거기에 대해서 말해 둬야겠소."

그렇게 말하고 가스케는 구로베에게 다가가 그의 오른쪽 소매를 걷어 올렸다. 그러자 구로베에의 팔뚝에 또렷하게 '한'이라는 불도장이 찍혀 있는 것이 보였다.

"이건 내가 만든 불도장입니다." 가스케는 차분한 목소리로 말했다. "4년쯤 전이었나. 그 왜 기침이 멎지 않는 감기가 유행한해가 있었잖나. 나도 그 감기로 드러누워 일을 못하고 그래서 단골 거래처 하나를 잃었지. 시타야에 있는 기리한이라는 커다란 나막신 가게였는데."

불도장 장인에게 통 가게나 나막신 가게, 도시락의 나무상자를 만드는 업자는 소중한 단골이다.

"그건 나한테도 타격이 컸지. 그때부터 살림이 힘들어졌으니까. 해서 지금까지 한 번도 집세를 미룬 적이 없던 우리 부부가 처음으로 한 달 치 집세를 미뤄 달라고 이 사람에게 부탁하러 간 거요" 하고 가스케는 구로베에 쪽을 턱짓으로 가리켰다. "그런데 이 사람은 집세는 못 미룬다, 제때 못 낼 거면 나가는 게 마땅하다고 내치지 않나. 결국에는 나와 나를 간병하느라 몸이 상해 버린 아내가 누워 있는 자리까지 찾아와서 빨리 이삿짐 꾸리라느니 팔 만한 물건을 놔두고 가라, 팔아서 집세를 벌충하겠다고 말한 거요. 해서 나도 화가 치밀었지."

오카쓰 옆에서 요스케가 침을 꿀꺽 삼켰다. 가스케는 의미심장한 미소를 지었다.

"두 번째로 이 사람이 찾아왔을 때 이미 납품할 곳이 없어진 기리한 불도장으로 이 사람에게 낙인을 찍어 버린 거요. 조금은 인정이라는 걸 알아듣게 말이야."

오카쓰는 구로베에의 팔뚝을 쳐다보았다. 과연 있었다.

"하지만 우리 부부는 그걸로 분이 풀렸거든" 하고 가스케는 계속했다. "병이 낫자 바로 집세는 냈고, 그 뒤로 한 번도 늦은 적은 없어요. 관리인님도 싫은 소리 하러 찾아온 적은 없고. 그래서 우리는 관리인님에게 무슨 원한 같은 게 없거든. 관에서 물으면 불도장에 대해서는 다 말할 생각이고, 여러분도 가스케는 자진해서 불도장 건을 이야기했다고 말해 주시오."

일동은 일제히 넘기기 힘든 것을 입에 가득 문 것처럼 입을 다물고 있었다. 그러나 이럴 때도 좀처럼 '일동'으로 묶이지 않는 마쓰키치가 그제야 깨어난 듯이 입을 열었다.

"뭐야, 그런 거였어? 누가 해코지를 했다는 거야? 그렇다면 누가 그랬는지 알겠네."

자신만만한 얼굴을 하는 마쓰키치를 아내 오카쓰가 똑바로 내려다보았다. 옆에서 요스케가 기가 차다는 표정으로 허공을 올려다보고 있다.

"뭐라고? 당신 제정신이야?"

"제정신이지. 나는 관리인님을 해친 범인을 알고 있어."

"누군데?"

"뻔하지, 관리인님 부인이야."

요스케 부부가 오카쓰의 얼굴을 보았다. 요스케 부부는 희미한 미소를 지은 채 입을 다물고 있다. 문득 보니 배우 출신 소메타로가 혼자 무늬는 화려하지만 옷감이 얇은 옷 밑으로 벌벌 떨고 있었다. 오카쓰와 눈이 마주치자 황망히 고개를 숙인다.

"보름쯤 전이었나." 일동의 시선이 쏠리자 마쓰키치는 흡족한 얼굴로 말했다. "오카와 강가의 '가몬'이라는 찻집에 소나무를 전지하러 갔을 때인데, 관리인님이 거기서 여자와 함께 나오는 걸

보았지. 나를 알아본 관리인님이 우리 처는 질투가 심해서 겁난다, 아무 말 말아 달라고 하더군."

오코마가 나섰다. "그 여자, 인물이 반반했나?"

"내 마누라만큼 곱지는 않더군."

"흥, 뭔 소리래."

오카쓰는 오코마 따위를 상대하고 있을 여유가 없었다. 마쓰키치의 팔을 잡고 남편의 작고 의기양양한 얼굴을 똑바로 쳐다보았다.

"그게 정말이야?"

"정말이야. 관리인님이 엄청 당황하더군. 처가 알면 난 죽은 목숨이야, 마쓰키치 씨, 아무한테도 말하지 말아 줘, 라던데."

갑자기 풀이 죽은 마쓰키치가 슬픈 듯이 얼굴을 일그러뜨리며 말했다.

"그래서 당신한테도 아무 말 안 했던 거야. 용서해 줘."

"당신도 참…… 지금 그게 문제야?"

"하여간 관리인님의 소심함은 알아줘야 한다니까" 하고 가스케가 비웃는 투로 말했다. "상대가 마쓰키치 씨여서 무사히 넘어갈 수 있겠다 싶으니까 입막음조로 한 푼도 쓰지 않은 거야. 참말로 이 사람답구먼."

"가스케 씨, 말을 좀 가려서 하시지." 요스케가 조용히 말했다.

"그렇게 나쁜 사람은 아니었어." 내내 잠자코 있던 겐지로 노인이 입을 열었다.

여전히 눈이 젖어 있다. "가끔이긴 하지만 내 집세를 대신 내 주기도 했어. 벌이가 시원치 않아 어려울 때 말이야."

"겐지로 씨도?" 오코마가 눈을 크게 떴다. "어머 세상에. 옷도 사줍디까?"

"당신은 조용히 있어" 하고 요스케가 말했다. "사실입니까, 겐지로 씨?"

겐지로는 고개를 몇 번이고 크게 끄덕였다.

"노인처럼 오랫동안 열심히 일해 온 사람은 이제는 좀 편하게 지내야 하는데, 하면서 말이야. 집세 낼 돈이 없어도 걱정할 거 없다며 잘 대해 주었지."

그리고 흠칫거리며 가스케 부부를 바라보고 말했다.

"당신은 물론 실력이 좋으니까 그런지 모르지만, 언제나 모가 나서 딱딱하게 관리인님을 대했잖아? 그러니까 그랬던 거야. 구로베에 씨는 뭘 부탁하는 사람에게는 친절한 사람이었어."

가스케의 몹시 수척한 얼굴이 이내 창백해졌다. 그의 처 오후지는 입술을 깨물고 고개를 숙였다.

"알고 보니 여러 가지 일들이 있었네" 하고 오코마는 중얼거렸다. "다들 고생이 많았구먼."

오히나가 오카쓰 곁으로 가만히 다가와 작은 소리로 말했다. "오코마 씨 말예요, 저렇게 헤픈 얼굴을 하고 있어도 샤미센으로 먹고살 만한 기량은 없는 사람이거든요."

"응, 알고 있어" 하고 오카쓰는 말했다.

"가끔 몸 파는 짓도 하고 있어요. 관리인님, 그걸 많이 걱정했어요. 그래서 집세도 깎아 주었을 거예요."

오카쓰가 눈을 깜빡이며 오히나를 쳐다보았다.

"그걸 어떻게 알고 있어?"

"들었어요. 관리인님한테. 보세요, 우리가 나가야 출입구 바로 옆에 살잖아요. 오코마 씨가 혹시 돗자리 말아 들고 나가거든 바로 알려 달라고 부탁하셨거든요."

오카쓰는 낙담했다. 바로 어제까지 관리인님은 한 사람이었다. 살아 있는 동안은. 하지만 죽고 나니 갑자기 네 명 다섯 명으로 불어난 듯하다. 관리인님의 얼굴이 여럿이다.

인간은 모두 이렇게 은밀한 일을 벌이며 살아가는 것일까? 그래서 갑자기 죽어 버리면 그런 비밀이 전부 까발려져 마치 살아 있던 것 자체가 커다란 음모였던 양 보이게 되는 걸까.

그때 다시 오카쓰의 시선이 소메타로와 딱 마주쳤다. 풍류인이라고 불러 주기에는 멋도 패기도 부족한 이 젊은이는 다시 도망치듯 눈길을 피했다. 오카쓰는 그가 의심스러워 견딜 수 없었다.

"이봐요, 당신, 아까부터 이상하네. 왜 그렇게 벌벌 떨고 있지?"

당장이라도 소메타로의 멱살을 쥘 것처럼 한 발 다가서자 일동의 뒤에서 커다란 목소리가 들렸다.

"어마, 다들 모여서 뭘 하는 거죠?"

구로베에의 딸 오린이었다. 멜빵으로 소매를 단속하고 왼손에 작은 냄비를 얹은 쟁반을 들고 있다. 그리고 몹시 반가운 듯이 소메타로를 불렀다.

"소메타로 씨, 벌써 일어나 있었어?"

소메타로는 더욱 심하게 몸을 떨고 매달리는 듯이 오린을 쳐다보았다. "오린 짱……."

"오린 짱이라고?" 요스케가 두 사람 얼굴을 번갈아 보았다. "뭐야, 아가씨, 이자랑 그렇고 그런 사이였어?"

올해 스물여섯, 혼담이 이루어지지 않아 혼기를 놓쳐 버린 오린은 어린 아가씨처럼 볼을 붉혔다.

"저희, 살림 차릴 거예요."

"살림?"

"그래요." 오린은 재빨리 소메타로 곁에 다가섰다. "그동안 몰래 사귀어 왔지만, 이번에 겨우 아버지가 허락해 주셔서요. 이제 배우가 되겠다는 꿈은 버리고 아버지를 거들다가 나중에 어엿한 관리인이 될 수 있도록 열심히 일하면 사위로 삼아도 좋다고요."

"어머 세상에" 하고 오카쓰는 말했다.

"잽싼 놈일세." 요스케가 어이없어 했다.

"그래서 저, 드디어 당당하게 아침밥을 지어다 줄 수 있게 된 거예요. 그런데 다들 뭐 하세요?"

"미안해요!" 하고 소메타로가 갑자기 허리를 꺾으며 절을 했다. "저희가 그리 됐습니다. 그래서 이젠 제가 좀 나서야겠습니다."

그는 오린의 몸을 안고, 깜짝 놀란 아가씨에게 우는 듯한 목소리로 말했다.

"오린 짱, 정신 똑바로 차려야 해. 큰일이 벌어졌어—."

"해서, 결국은 일단 의원을 불렀어요."

그날 저녁때였다. 선생은 오카쓰가 만든 무말랭이 조림을 반찬으로 밥을 먹고 있다. 맛난 듯이 우적우적 먹는다. 오카쓰는 그 모습을 바라보며 귀틀에 앉아 있었다.

"진찰했지만 아무것도 없었어요. 살해된 건 아니었던 거죠."

"병이었나?" 젓가락을 바삐 놀리며 선생이 물었다.

오카쓰는 크게 웃었다. "그렇죠. 심장병이라는 거래요. 오린 아가씨 말로는 최근 며칠 전부터 관리인님이 심장이 이상하게 두근거리고 숨이 답답하다고 했대요. 그런 병이 있대요. 갑자기 숨이 답답해지고 심장이 멎어 죽어 버리는."

"세상에……."

선생이 젓가락을 내려놓자 오카쓰는 얼른 차를 타서 잔을 내밀었다.

"태산명동에 서일필^{태산이 떠나갈 듯 요동을 치더니, 나온 것은 쥐새끼 한 마리에 불과하다}이었군."

"그러게요. 하지만 깜짝 놀랐어요. 관리인님은 제가 아는 관리인님이 전부가 아니었거든요."

오카쓰는 차분한 얼굴로 말했다. 그러고는 살짝 웃으며 선생 얼굴을 삐딱하게 노려보았다.

"그보다 선생, 이틀이나 집을 비우고 대체 어딜 갔던 거죠? 그렇게 행동하니까 우리도 괜한 걱정을 했잖아요."

"잠깐 볼일이 있어서." 선생은 머리를 긁적였다. "그나저나 오카쓰가 지은 밥은 정말 달단 말이야. 다음에도 부탁하세."

"말씀도 잘하셔."

기쁜 얼굴로 나무 밥솥을 안고 돌아가는 오카쓰를 바라보다가 가야마 마타에몬은 '선생' 얼굴을 거두고 본래 얼굴로 돌아갔다. 그렇다고 특별히 변하는 점은 없지만, 눈매가 조금 예리해지고 빈틈없어 보인다.

—구로베에가 이 방에 숨어들었단 말이지.

섣불리 방심하면 안 되는 관리인이라고는 생각해 왔지만, 아니나 다를까였다. 아니, 위험할 뻔했다.

마타에몬이 지금 한가롭게 팔꿈치를 괴고 있는 앉은뱅이책상 밑의 다다미를 들어올리면 거기에 작은 손궤가 숨겨져 있고, 그 안에는 책 몇 권이 들어 있다. 모두 고생해서 구한 귀중한 물건들이다. 서양 문헌—그것도 병법에 관한 책들이다. 책은 귀중한 물건이고 자칫 관의 눈에 띄면 큰일난다. 보관은 엄중하게 하고 휴대는 신중하게 할 필요가 있었다.

마루겐 나가야를 택한 것도 그 때문이다. 지난 10년간 작은 화재조차 일어난 적이 없는 나가야. 귀한 책을 감춰 두고 살아가는데 딱 맞는 곳이라고 생각했다.

—참 번거로운 관리인이었지.

구로베에는 예민한 사람이어서 마타에몬이 금지된 책을 숨겨 두고 있다는 것을 눈치채고 있었을 것이다. 그것을 확인하려고 마타에몬이 집을 비운 동안 이 방에 숨어든 것이다. 한창 뒤지다가 수명이 다하다니, 참으로 딱한 이야기다. 하지만 덕분에 마타에몬이 살았다. 여차하면 구로베에를 베어야 할 참이었으니까.

—여하튼 나는 허망하게 죽어서는 절대 안 되는 몸이야.

손궤 속에 있는 책을 생각하며 마타에몬은 미소 지었다. 구로베에의 고지식하고 융통성 없어 보이는 얼굴을 떠올리며.

저울

벌써 재작년 일이다.

오미요는 다이코쿠야 당주의 후처로 들어갈 때 도쿠베에 나가야 이웃들에게도 홍백 마루모치 떡을 돌렸다. 경사에 돌리는 그 떡을 오키치는 한없이 쓸쓸한 심정으로 착잡하게 바라보았다. 도 저히 먹고 싶지 않아 결국 딱딱하게 굳어 곰팡이가 필 때까지 내 버려 두었다가 끝내 몰래 내다 버리고 말았다. 태어나서 지금까 지 오키치가 음식을 내다 버린 것은 그때가 유일했다.

그 오미요가 도쿠베에 나가야에 돌아와 있다고 했다. 관리인 도쿠베에 집에서 한가롭게 이야기를 나누고 있다는 것이다. 아마 잠시 휴가를 얻어 돌아온 모양이다. 혹시 다이코쿠야에 무슨 일 이 생긴 것은 아닐까— 하는 생각도 스쳤지만, 오키치는 그런 생각을 하는 자신이 싫어졌다. 다이코쿠야에 무슨 일이 생겨서 오미요가 쫓겨났으면— 한순간이라도 그따위 생각을 하는 자신이 부끄러웠다. 하지만 이것이 본심의 일부이며, 그래서 재작년에 내다 버린 떡이 떠올랐던 것이다. 오미요 짱이 시집갈 때부터 나는 내내 비뚤어져 있었던 거야—.

도쿠베에 나가야는 후카가와 조신지淨心寺 옆 야마모토초에 있다. 오미요가 시집간 것은 봄이 한창일 때라, 조신지 경내에 활짝 핀 벚꽃에서 휘날리는 꽃보라가 나가야로 날아들고 있었다. 다이코쿠야에서 간소하게 식을 올린 뒤 인사하러 돌아온 오미요의 막 틀어 올린 머리채나 새 기모노를 입은 어깨에도 연분홍 꽃잎들이 하늘하늘 떨어졌다. 그녀의 발그레해진 볼도 꽃잎과 같은 빛깔로 물들어 있었다.

오키치는 그런 오미요를 나가야 이웃들과 나란히 서서 배웅했다. 오미요가 다이코쿠야 지배인을 앞장세우고 관리인 도쿠베에를 뒤에 세우고 떠나가자 오키치는 저도 모르게 짧게 한숨을 지었다.

옆에 서 있다가 그 모습을 본 오리쿠 아주머니가 말했다.

"오키치 짱이 외로워서 어쩌나."

"소꿉동무니까요"라고 오키치는 대답했다.

"오미요 짱이 몇 살이더라?"

"스물둘이죠. 나보다 한 살 아래니까."

"늘 함께 살았으니 동생을 시집보내는 심정이겠네. 관리인님도 딸을 출가시키는 기분이라고 하시던데. 너희가 여기서 제일 오래 살았잖아."

오키치도 오미요도 이 나가야에서 태어났다. 둘 다 외동딸이라 자매처럼 함께 자랐다. 두 집안의 부친이 모두 우미베다이쿠초의 사부 밑에서 일하는 목수였고 엄마끼리도 사이가 좋았다. 피는 달라도 한 가족처럼 뭐든 나누고 상의하고 도우며 살았다.

도쿠베에 나가야의 내력은 길어, 지금까지 몇 번이나 화재로 불탔다가 재건되었다. 주인이 이웃 부지를 사들여 나가야를 증축하기도 했다. 오미요와 오키치가 어린 시절을 보낸 도쿠베에 나가야는 도로에 면한 2가구형 2층 나가야 1개 동과 우라나가야 1개 동으로 구성된 아담한 규모였다. 그것이 오키치가 열 살 되는 해 겨울에 후카가와의 대화재로 불타 버리자 2가구형 나가야 2개 동에 우라나가야 2개 동을 갖춘 번듯한 나가야로 거듭났다. 오미요 일가와 오키치 일가는 언젠가는 꼭 볕이 잘 드는 도로 쪽 2층 나가야에 이웃으로 나란히 살자며 서로 격려했다. 그 꿈이 이루어지면 우리는 2층 난간 너머로 드나들며 놀자— 어린 오키치와 오미요는 그런 철없는 약속을 하며 좋아했다.

어느 쪽 부모나 특별히 뛰어난 점은 없지만 모두 성실한 일꾼이어서, 살림은 늘 빠듯했지만 오키치와 오미요는 그악스러워지거나 누굴 원망하거나 슬퍼하는 일 없이 평온한 어린 시절을 보냈다.

그 탓인지는 몰라도 오키치는 오미요와 말다툼을 해 본 적이 없다. 체구도 작고 힘도 약하고 내성적인 오미요는 늘 오키치 등 뒤에 숨었고, 오키치가 손을 끌어주지 않으면 막과자 가게에도 혼자 가지 못했다. 오키치는 늘 오미요를 배려해서, 가령 이웃의 부탁으로 심부름을 다녀와 심부름값으로 삶은 고구마를 받아도 꼭 오미요를 찾아서 나누어 먹었다. 오미요는 심부름 다녀오다 비를 만났다는 이유만으로 눈물을 짓는 소녀였으므로, 오키치의 일상에는 늘 이 연하의 소꿉동무를 힘들게 해서는 안 된다는 생각이 금과옥조처럼 자리 잡고 있었다.

가난해도 밝은 생활이 망가진 것은 오키치가 열여섯, 오미요가 열다섯 살 때 가을이었다. 210일 태풍입춘에서부터 210일째 되는 날. 즉 대개 9월 1일경에 태풍이 오는 경우가 많다고 해서 생긴 이름과 호우로 여러 운하의 둑이 터져 후카가와 일대가 큰 수해를 당했다. 도쿠베에 나가야도 마루 장선이 떠내려가 건물이 기울었다. 주민들은 지붕으로 올라가 미친 듯이 굉음을 내지르며 흘러가는 흙탕물을 피했지만, 이때 미처 대피하지 못한 독거 노파를 구하려고 오키치 아버지가 흙탕물에 뛰어들었다가 행방을 알 수 없게 되었다. 며칠 뒤 물이 빠진 뒤에도 그는 돌아오지 않았고 사체도 발견되지 않았다.

"아빠는 죽은 거야?" 오키치가 묻자 늘 다부진 어머니가 이때만은 얼굴을 일그러뜨리며,

"대체 신은 어디서 뭘 하고 있는 거냐" 하고 쏘아붙이듯이 말했다. 오키치는 그것을 지금도 똑똑히 기억하고 있다.

하지만 재난은 그것으로 그치지 않았다. 물이 빠지자 물난리에 따르기 마련인 돌림병이 돌기 시작했다. 잦은 구토와 설사 때문에 음식을 소화하지 못해서 축 늘어져 있다가 죽는 고약한 병이었다. 도쿠베에 나가야에서도 많은 주민이 쓰러졌다. 그중에 오키치의 어머니, 오미요, 오미요의 부모도 있었다.

이제 처녀로 성장한 오키치는 실성한 사람처럼 뛰어다니며 그들을 간병했다. 이렇다 할 약도 없고, 있다고 해도 너무 비싸 엄두도 낼 수 없었다. 할 수 있는 처치라고는 따뜻한 자리에 조용히 눕혀 놓고 미지근한 물이나 중탕을 마시게 하는 정도였다. 그래도 오키치의 간절한 바람이 통했는지 먼저 오미요가, 이어서 오미요의 아버지가 병을 털고 일어날 수 있었다.

그러나 두 어머니의 상태는 심각했다. 특히 오키치의 어머니는 발병 이후 한 번도 일어나지 못한 채 물 마시는 것도 싫다고 하고, 멀거니 천장만 바라보거나 혼절하듯 잠만 잘 뿐이었다. 깨어 있을 때는 내내 울었다. 억척스러운 사람이라 나름 고집이 있는지 아프다는 말도 없이 울음소리도 없이 눈물로 베개를 적시고 있었다. 역시 남편을 여읜 것이 감당하기 힘든 거라고 생각하니 오키치도 가슴이 미어졌다.

곧 오키치의 어머니가 세상을 떴다. 오키치 혼자서도 안아 올릴 수 있을 만큼 몸이 가벼워져 있었다.

도쿠베에 나가야가 마침내 수해 전처럼 재건된 것은 그 해 찬바람이 분 뒤였다. 그때는 오미요의 어머니도 회복되어, 고아가

되어 버린 오키치는 오미요 일가와 함께 살았다. 수해를 계기로 증축된 도쿠베에 나가야의 동쪽 끝에 볕이 잘 들고 도로에 면한 2층집으로 네 사람은 이주했다.

그 집에서 산 것은 만 4년. 부모 잃은 슬픔은 가시지 않았지만 오키치는 그 집에서 평온한 일상을 다시 찾을 수 있었다. 한 지붕 아래 먹고 자게 된 뒤에도 자매와 같은 친밀함에는 그늘 한 점 드리우지 않았고 소소한 말다툼도 없어서, 오히려 사이가 더 가까워진 것처럼 느껴지기도 했다. 오키치는 물일이나 바느질하던 손을 종종 멈추고 이런 일상이 내내 계속되기를 남몰래 눈감고 기도했다. 하지만 기도하는 마음 밑바닥에는 아버지를 잃었을 때 어머니가 무서운 얼굴과 암울한 목소리로 내뱉은 말이 되살아나는 것이었다.

―대체 신은 어디서 뭘 하고 있는 거냐.

그래, 어디 계셨던 걸까. 설사 가까이 계셨다고 해도 오키치 쪽을 살펴봐 주시지 않은 것 아닌가. 새 2층집에서 네 번째 정월을 쇤 직후, 오미요 아버지가 발판에서 떨어져 죽었을 때, 오키치는 그렇게 생각했다. 신은 우리 쪽은 살펴보시지 않아, 마음을 써 주시지 않아, 라고.

여자 셋이 일해서는 2층집 집세를 계속 감당할 수 없었다. 오키치와 오미요는 세 번째 이사를 하지 않을 수 없었다. 도쿠베에 나가야 내에서 이러저리 옮겨다니는 그녀들에게 관리인 도쿠베에는 깊은 동정을 보여주기는 했지만 자기 마음대로 집세를 깎아 줄 수는 없었다. 다시 우라나가야로 옮긴 오키치와 오미요에게도 평민의 공동주택인 나가야는 도로에 면한 오모테나가야와 그 뒷골목에 자리한 우라나가야로 구성되었다. 점포와 살림집을 겸하는 오모테나가야는 가구당 면적이 넓고 2층 형식인 경우도 많으며 집세가 비쌌다. 뒷골목에 있는 우라나가야는 가구당 면적이 좁고 채광과 통풍이 좋지 않으며 점포 없이 살림집으로 쓰이는 만큼 집세가 저렴했다. "너희가 고생이 많구나"라고 말을 건네는 것이 고작이었다.

오미요는 그곳에서 어머니를 떠나보냈다. 닳고 단 끝에 툭 끊어져 버린 듯한 죽음으로, 노쇠사라고 해도 좋았다. 흐느껴 우는 오미요를 대신하여 변변찮게나마 장례 비슷한 의식을 주관한 오키치는 단 두 사람밖에 남지 않은 생활에 부디 더는 슬픈 일은 없기를 원했다. 이번에는 기도가 아니라 거의 분노를 분출하듯 염원했다. 이보다 더 고통스러운 일이 일어난다면 신이시여, 내가 당신을 가만두지 않을 겁니다, 라며.

오키치와 오미요는 단둘이 살기 시작했다. 오키치는 낮에는 그 동네 우동 가게 히사고야에서 음식을 나르고 밤이면 바느질과 옷 수선을 했다. 오미요는 도쿠베에의 배려로 야마모토초 남쪽 히가시히라노초에 있는 목재도매상에 하녀로 통근했다. 두 사람은 각각 기숙하며 일하는 자리를 제안받았지만, 둘이 한곳에서 일한다면 모를까 오미요는 오키치 곁을 떠난다는 것은 상상할 수도 없었고, 오키치도 오미요 혼자 남기고 어디로 갈 생각은 전혀 없었다. 이런 생활이 가장 어울리고 안정적이었다.

두 사람은 틈만 나면 서로 꿈을 나누었다. 언젠가는 꼭 우리 둘이 작은 음식점을 열자. 그리고 거리에 면한 2층집을 얻자. 하루 종일 볕이 들고 축축하지 않고 변소 냄새도 안 나고 거리의 사람들 목소리도 들려오는 집. 아빠 엄마도 분명 기뻐할 거야—.

그러던 참에 마치 하늘에서 뚝 떨어지듯 오미요의 혼담이 날아들었던 것이다. 도미오카하치만구 신사 문전상가에 있는 요정 다이코쿠야 당주의 후처로 오지 않겠느냐는.

오미요가 도쿠베에 나가야에 와 있다고 알려 준 사람은 도쿠베에의 손자 신지였다. 나이는 일곱 살, 아직 아기티를 벗지 못한 동안이고, 가만히 입 다물고 있으면 어제까지 기저귀를 차고 있었습니다, 라는 인상을 풍기면서도 묘하게 되바라진 말을 자주하는 이 아이는 오키치 이름을 함부로 불러제꼈다.

"오키치, 다이코쿠야 안주인이 와 있어."

히사고야의 포렴을 헤치며 들어와서는 그렇게 말했던 것이다.

히사고야는 우동 가게치고는 규모가 크다. 주인 부부와 조리사 쇼타, 거기에 오키치 네 사람이 꾸리고 있는데, 그래도 일손이 딸릴 만큼 바쁠 때도 자주 있다. 신지가 찾아온 때도 그렇게 경황없는 점심때여서 오키치는 이마에 땀을 흘리며 일하고 있었다.

"뭐야, 그 말본새는."

우동 삶는 가마 뒤에서 역시 땀을 뻘뻘 흘리며 소쿠리로 국수를 건져 내던 쇼타가 역정을 냈다.

"몇 번을 말해도 못 알아먹는 놈이네. 손윗사람 이름을 그렇게 함부로 불러 대다니, 대체 어떻게 생겨 먹은 놈이야."

신지는 흥, 하고 콧방귀를 뀌었다. "나도 우동 따위는 대체 어떻게 생겨 먹은 놈이 먹는지 모르겠거든. 그딴 걸 만드는 놈은 또 어떤 놈인지 모르겠고."

"뭐라고."

쇼타가 주먹을 쥐고 주방에서 나오려고 했다. 하지만 오키치는 웃어넘겼다. 신지라면 잘 아는 아이다.

"제가 잘 알아듣게 꾸짖을 테니 참으세요, 쇼타 씨. 신지야, 정말 입만 살았구나. 그만큼 키도 좀 자라야 할 텐데."

오키치의 말에 가게 의자에 앉아 저마다 자루우동을 먹고 있던 손님들이 와락 웃음을 터뜨렸다. 벚꽃 철이 되면 가케우동보다 자루우동이 더 잘 팔린다. 실제로 그게 더 맛나게 느껴지고.

자기가 웃음거리가 되고 있는데도 신지는 덩달아 히히 웃었다. "아무리 배가 고파도 우동은 안 먹어. 이런 건 애들이나 병자들이 먹는 거지."

손님들이 또 웃었다. 누군가, "맞아, 내가 살날이 얼마 안 남은 병자거든"이라고 말했다. "그런 의미에서 여기 한 그릇 더 줘, 쇼타."

주인 부부에게 눈짓으로 허락을 구하자 고개를 끄덕여 주므로 오키치는 신지를 데리고 포렴 밖으로 나갔다. 거센 봄바람에 흙먼지가 눈으로 날아들고 눈도 부시고 해서 오키치는 손차양을 했다. 봄이구나, 하고 새삼 실감했다.

"다이코쿠야 안주인이 와 있어"라고 신지가 다시 한 번 말했다. "할아버지가 오키치에게 알려 주랬어. 혹시 잠시 빠져나올 수 있으면 만나러 오는 게 어떠냐고. 안주인이 바로 돌아가야 할 것 같다면서."

"뭐 하러 왔을까."

"나야 모르지. 선물로 세이류도淸流堂의 백운모를 가져왔어."

간다에 있는 그 과자점의 간판 상품이다. 물론 가격은 기절할 만큼 비싸다. 부드러운 떡에 반짝반짝 빛나는 잘디잔 각설탕을 묻힌 과자이며, 백운모라는 이름도 그 모양에서 나왔다. 함께 살던 시절 오미요가 일하던 가게에서 이 과자 소문을 듣고 구매안내서1824년 에도의 각종 상점 2,600개를 안내하는 광고책이 오사카에서 발행되어 전국에서 많이 팔린 바 있다. 유명 필자가 글을 쓰고 저명한 화가 호쿠사이 등이 삽화가로 참여하여 총 3권으로 발행되었는데, 각 상점에서 게재료를 받아 제작하므로 게재료를 내지 않으면 아무리 유명한 가게라도 소개되지 않았다에서 가게 위치를 확인하고 돌아왔다. 꼭 한 번 먹어 봤으면, 하며 둘이 이야기한 적이 있다. 돈을 모아서 언젠가 사러 가자.

오미요가 그 과자를 들고 왔다고? 오키치는 몹시 씁쓸했다. 오미요 짱이 내가 먹고 싶어 하던 것을 기억하고 있다가 애써 사다 주었다는 식으로는 도저히 생각할 수 없었다. 두 사람의 신분 차이만 의식될 뿐 기쁘지가 않았다.

그리고 그런 자기가 못 견디게 싫었다.

"가게가 바빠서 못 빠져나가" 하고 신지에게 말했다. "안부 전하더라고 전해 줘."

신지는 어른스러운 얼굴로 눈썹을 치켜 올렸다.

"정말 안 가 봐도 되겠어?"

"응. 괜찮아."

"그럼 그렇게 전할게." 몸을 빙글 돌려 뛰어가려고 하던 신지가 어깨 너머로 툭 던지듯 말했다. "오키치, 기운 내."

오키치는 웃음을 터뜨렸다. "신지, 너 정말 건방진 꼬마구나!"

그런 연유로 오미요는 오키치를 만나지 못하고 돌아갔다. 얼굴을 보지 않은 만큼 그다지 크게 동요하지 않을 수 있었던 오키치는 가게에서 바쁜 저녁을 보내고 도쿠베에 나가야로 돌아왔다.

그런데 집 앞에 또 신지가 서 있었다. 이번에는 도쿠베에의 말을 전하러 왔다고 했다.

"저녁밥 먹고 나면 잠깐 와 보래."

"어머…… 나, 집세 밀린 거 없는데."

"할아버지가 무서운 얼굴로 말했어. 오키치, 무슨 나쁜 짓 저지른 거 아냐?"

"그랬다면 어쩔래?"

"입 다물어 줄 테니까 나한테 절반 넘겨."

"세상에. 그 대신 심부름 값으로 내가 담근 우메보시를 조금 가져다 줄게. 빨간 매실이니까 죽순이 나오면 먹으렴."

보드라운 죽순 껍질에 빨간 매실을 싸서 입안에 넣고 쪽쪽 빨면 새콤한 맛이 오래 지속되어 제법 훌륭한 간식이 된다. 신지는 이걸 몹시 좋아한다. 오키치도 어릴 때 종종 먹었다.

　―오미요 짱과 함께 먹었지.

　그렇게 생각하며 쓴웃음을 지었다. 싫다. 오미요 생각은 하고 싶지 않아. 이제 다른 세상에 사는 사람이잖아.

　혼자 사는 집에서 저녁 식사를 얼른 끝낸 오키치가 작은 단지에 우메보시를 담아 들고 도쿠베에 집으로 향했다. 도로에 면한 2층 나가야와 나란히 서 있는 여염집은 판자 지붕을 얹은 소박한 2층집이지만 늘 말끔하게 정돈되어 있다나가야 관리인은 자기가 관할하는 나가 야 옆 단독주택에 사는 경우가 많았다.

　신지는 벌써 잠자리로 쫓겨 가 있었다. 도쿠베에는 오키치를 방으로 들이자 고용인에게 잠시 얼씬거리지 말라고 일러두고 오키치와 마주 앉았다. 어머, 신지 말대로 꽤 못마땅한 표정이네, 하고 오키치는 생각했다.

　"오늘 다이코쿠야의 오미요가 다녀갔다" 하고 도쿠베에는 입을 열었다. 오키치는 어릴 때부터 이 사람을 보아 왔지만 그때나 지금이나 비쩍 말랐다. 태어날 때부터 노인이었소, 라는 인상을 풍기는 사람이다. 그러면서도 목소리는 깊고 무게가 있어, 나가야 사람들을 설교할 때는 더욱 낭랑해진다. 그런데 오늘 저녁 도쿠베에는 그 듣기 좋은 목소리를 한껏 낮추어 말하고 있었다.

　오키치는 문득 가슴이 술렁이는 것을 느꼈다. 도쿠베에가 무슨 이야기를 하려는지 모르지만 가벼운 이야기는 아닌 듯했다.

"네, 신지한테 들었어요. 잘 지내는 것 같다고 하더군요."

"응, 잘 지내더군." 도쿠베에가 소곤소곤 말했다. "실은 아이가 들어섰다고 하더라."

오키치의 눈이 휘둥그레졌다. 시집을 갔으니 조만간 아이가 생길 것이다. 다이코쿠야 주인과 죽은 부인 슬하에는 자식이 없으니 오미요가 낳을 아기가 장차 가계를 상속할 것이다. 그러나 그 반가운 이야기를 도쿠베에가 야음보다 더 어두운 표정으로 말했던 것이다.

"축하할 일 아닌가요? 그래서 관리인님께 인사하러 온 건가요?"

"인사……는 아니고." 하며 도쿠베에는 말했다. 입을 삐쭉하게 내밀어 노여워하는 것처럼 보이기도 했다. "상담하러 왔다고 해야 맞겠지. 어떻게 처신해야 하는지를. 나야 너희 세입자들에게는 거북한 늙은이지만, 영 못미더운 사람은 아닐 테니까."

그것은 도쿠베에의 말이 맞다. 하지만 그런 경사를 두고 오미요가 이곳 관리인과 무엇을 상담해야 한다는 것일까.

오키치가 입을 열고 그것을 묻기 전에 도쿠베에가 먼저 말했다. "뱃속의 아기가 다이코쿠야 당주 씨앗이 아니라는구나."

오키치는 기겁했다. 방금 들은 말이 무슨 의미인지 금방 이해하지 못했다. 그저 눈만 깜빡이며, 어금니를 깨문 듯 무서운 얼굴을 하고 있는 도쿠베에를 쳐다보고 있었다.

"그게 무슨…… 말이죠?"

겨우 그렇게 중얼거린 오키치에게 도쿠베에가 씁쓸한 미소를 지어보였다.

"무슨 말이겠냐. 외간남자의 아이를 밴 거지."

"그걸, 다이코쿠야 당주는―,"

"모른단다. 임신한 것 자체를 아직 모를뿐더러 낌새도 채지 못하고 있다고 오미요가 그러더라."

"대체 왜― 누구의 아이일까요."

입 밖에 내기도 싫은 말이지만 묻지 않을 수도 없었다.

도쿠베에는 잠자코 고개를 저었다.

"그 이야기는 하지 않더군. 하지만 그 가게 점원이냐고 묻자 움찔하는 걸 보면 필시 그럴 거다. 어릴 때부터 그 아이는 누가 정곡을 찌르면 바로 울상을 지었으니까."

오키치는 고개를 끄덕였다. 도쿠베에도 오미요를 잘 알지만, 오키치는 더 잘 안다.

"다이코쿠야 당주와 서로 좋아 결혼했으면서."

"하지만 오미요 쪽에서 먼저 연심을 보이진 않았을 거다. 순진한 아이니까. 다이코쿠야 당주에게 휘둘려서 어어 하는 사이에 그렇게 되었을 뿐이지. 결혼해서 안정을 찾고 분별심도 생기고 보니 그제야 진짜배기 정분이 나고 말았다고나 할까."

"그래서, 어쩌면 좋겠느냐고 상담하러 온 건가요? 관리인님은 뭐라고 하셨어요?"

도쿠베에는 야윈 팔을 팔짱끼고 오키치의 얼굴로 향하던 눈길을 비켜버렸다.

"네 마음 가는 대로 하는 수밖에 없지 않느냐고 말해 주었다. 남편에게 다 털어놓고 싶으면 그렇게 하고, 비밀로 하고 싶으면 그렇게 하고. 다만 상대 남자는 확실하게 정리하는 게 좋다, 안 그러면 나중에 틀림없이 발각되어 큰일이 벌어질 거라고 말해 주었지."

"하지만 상대가 가게 점원이라면 관계를 끊을 방법이 없잖아요. 아무리 다이코쿠야 당주가 오미요를 끔찍이 아낀다고 해도, 저 점원을 내쫓아 주세요, 이유는 묻지 말고, 라고 요구한다고 통하겠어요? 도리어 의심을 살 테고…… 게다가 그렇게 하면 남자가 입 다물고 가만히 있겠어요?"

"글쎄 어떨지. 주인 아내와 정을 통한 게 밝혀지면 공개 처형인데."

"하지만, 바로 그렇기 때문에 아예 자포자기해 버리면 어떻게 나올지 알 수 없잖아요."

"흐음……."

도쿠베에는 고개를 숙이고 눈을 감았다.

"차마 네 얼굴은 못 보겠다고 하더라"라고 불쑥 말했다. "모처럼 시집보내 준 오키치 짱한테 미안하다면서. 신지를 보내 너를 부른 것은 내 생각이었다. 너도 함께 이야기하는 게 좋을 것 같아서. 오미요는 크게 당황해서 네가 오기 전에 돌아가겠다고 하더라. 뭐 너는 오지 않았지만."

도쿠베에의 말에 오키치를 책망하는 울림이 있었다. 오키치는 살짝 어깨를 흔들었다.

"정말로 가게가 바빴어요. 게다가 오미요 짱도 나에게는 알리고 싶지 않다고 했다면서요? 그리고 내가 그 아이를 시집보냈다는 말도 이상하군요. 내가 그 아이 부모도 아니고 아무것도 해 준 게 없어요. 결혼 준비도 다 다이코쿠야 당주가 했잖아요."

후처라고 하지만 다이코쿠야 같은 훌륭한 상점의 안주인으로 신원도 분명치 않은 여자를 들이는 것은 간단한 일이 아니었다. 가게 내부에서도, 다이코쿠야 친척들도 끈질기고 강경하게 반대했다. 다이코쿠야 주인은 그런 반대를 일일이 굴복시키다시피 해서 자기 뜻을 관철했다. 오미요에게 푹 빠져 있었기 때문이다.

다이코쿠야 주인은 오미요가 일하던 목재도매상 주인과 오랜 바둑친구였다. 목재도매상에 드나들다가 오미요를 보고 첫눈에 반했다. 나이는 오미요보다 스무 살이나 많다.

오미요는 이목구비가 단정했다. 둘이 살던 시절, 아사쿠사에 참배하러 갔을 때 바람을 타고 날아온 미인화를 한 장 주운 적이 있다. 거기 그려진 인물은 그곳 문전상가의 찻집에서 일하는 간판아가씨로 당시 인기가 대단해서 오키치도 그 아가씨의 이름을 알고 있었다. 하지만 그때 미인화를 찬찬히 보며 "이 정도라면 오미요 짱이 훨씬 예쁜데"라고 말했다. 오미요는 부끄러운 듯 웃었다.

나중에 후처 자리 혼담이 오갈 때 다이코쿠야 주인을 강하게 매혹한 것은 물론 오미요의 귀여운 용모도 중요했겠지만, 그녀의 타고난 매력을 정작 본인은 모르고 있는 듯한 모습, 그 허무하고 심약한 인상이 아니었을까, 하고 오키치는 생각했다.

그러나 다이코쿠야 당주가 오미요를 품 안에 넣기까지는 넘어야 할 난관이 산더미처럼 많았다. 주위 반대자들과 끈질기게 대화하고 타협하고 양보할 것은 양보해야 했다. 그도 그럴 것이 부인을 여의고 10년 이상 홀아비로 지낸 다이코쿠야 당주가 갑자기 젊은 여자와 결혼하겠다고 나선 것이다. 다양한 처지에 있는 사람들이 당주에게 기대하던 것들, 계산하고 있던 것들이 그 재혼으로 어그러질 터였다. 이대로 후처를 들이지 않아 자식이 없으면 다이코쿠야 재산이 자기한테 굴러들어올 거라고 독장수셈을 하고 있던 친척들의 반대는 탐욕이 얽혀 있는 만큼 망측할 정도로 격하고 집요했다. 조금이라도 냉정한 눈으로 바라본다면 다이코쿠야 당주가 용케 버텼다고 생각할 것이다.

오키치는 혼담과 관련된 대화나 준비 작업에 전혀 관여하지 않았다. 그것이 다이코쿠야 측이 내민 조건이었기 때문이다. 다이코쿠야 당주의 일거수일투족에 이해가 걸려 있는 친척들에게 오미요는 천애고아여야 했다. 배고픈 가족과 친척이 줄줄이 딸려 있어서 다이코쿠야가 그런 군식구까지 떠맡는다는 것은 절대로 있어서는 안 되는 일이었다.

사실 오미요에게는 혈육이 한 명도 없었다. 오키치는 친언니가 아니다. 오키치는 오미요의 행운에 기대려고 하는 마음이 요만큼

도 없었다. 그러므로 애초에 다이코쿠야 측에서 그런 식으로 경계하고 단속해야 할 이유가 없었다. 당신은 혈육이 아니니까 이제 오미요 일에 상관하지 말라는 요구를 받았을 때 오키치는 내심 깊이 분노했다. 그거야 당연한 일 아닌가.

그러나 오미요 본인은 어떻게 생각하고 있었을까. 오키치를 혼자 둔 채 꽃가마 타고 떠나는 것을.

그것을 오키치는 알 수 없었다. 당시도 알 수 없었고 지금도 모른다.

함께 살던 시절, 진지하게 혹은 농담으로 둘이서 한 남자와 살면 어떨까, 라든지 하나가 먼저 시집가서 하나가 남겨지면 외로울 거야, 라는 이야기들을 했었다. 두 사람 다 적령기였고 연애비슷한 것도 경험해 본 처지여서 이는 절실한 문제였다.

그럴 때마다 오키치는 시집은 오미요 짱이 먼저 갈 거야, 그렇게 되더라도 망설일 거 없어, 같이 가게를 열자는 꿈은 수십 년을 두고 이루면 되니까, 라고 말했다. 다만 너무 먼 곳에 살지만 않으면 될 거라고 했다.

하지만 오미요는 오키치가 조금 걱정할 만큼 진지한 얼굴로 마치 맹세하듯이 이렇게 말했다. 나는 결혼 같은 거 하지 않을 거야, 계속 오키치 짱과 살 거야—.

"하지만, 좋아하는 사람이 생기면 어쩌려고?"

"생겨도, 그 사람하고는 결혼하지 않아."

"어째서? 아깝잖아."

"좋아하는 사람과 결혼했는데 그 사람이 먼저 죽으면 슬프잖아. 아빠 엄마처럼."

오미요는 눈물을 지으며 말했다.

"하지만 오키치 짱은 달라. 대화재와 물난리와 돌림병이 돌아도 오키치 짱은 혼자 가지 않고 내 곁에 있어 주었어. 오키치 짱은 특별해. 신령님도 오키치 짱만은 내게서 뺏어 가지 않으셨어. 다른 사람은 몰라도 오키치 짱은 아무데도 안 가. 그러니까 나는 오키치 짱과 살 거야."

오키치는 이 말에 가슴이 벅찼다. 동시에 부모의 죽음으로 오미요 가슴에 메울 수 없을 만큼 커다란 구멍이 뚫려 버린 것을 알았다.

해서 오미요를 혼자 두고 먼저 시집갈 수는 없다, 혹은 정말로 평생 오미요와 둘이 살아도 좋겠다는 생각까지 하게 되었다. 그러므로 다이코쿠야에서 들어온 혼담을 오미요가 냉큼 받아들였을 때는 솔직히 뒤통수를 맞은 기분이었다.

거짓으로라도, 빈말로라도, 시늉만이라도 좋으니 오키치 짱을 내버리고 나 혼자 꽃가마를 탈 수는 없어— 그렇게만 말해 주었어도 괜찮지 않았을까 생각했다. 무슨 말도 안 되는 소리를 하니, 나 때문에 눈앞에 있는 행복을 걷어차다니, 그럴 수는 없잖니, 하며 오키치도 웃어 줄 수 있었을 것이다. 하지만 오미요는 그렇게 말하지 않았다. 달뜬 얼굴로 다이코쿠야 주인이 얼마나 상냥한지, 얼마나 성실한지를 무엇에 홀린 듯 떠벌였다. 상대방의 정에 끌려 홀딱 반해 버렸을 것이다. 그리고 당연한 일이지만 남녀 간 애정에 제삼자가 끼어들 틈은 없었다. 설사 어릴 적부터 함께해 온 동무라도.

"괜한 걱정이겠지만, 오키치" 하고 도쿠베에가 낮은 소리로 말했다. 오키치는 고개를 들었다.

"뭔데요?"

"이 얘기, 다른 사람에게 흘리면 안 된다. 다이코쿠야 주인 귀에 들어가면 큰일 나니까."

오키치는 발끈했다. "말씀 안 하셔도 알아요!"

도쿠베에는 오키치의 얼굴을 응시하고 있었다. 오키치도 늙은 관리인의 얼굴을 마주 노려보았다. 그리고 그 순간 비로소 고자질이라는 수단이 있음을 알았다. 다이코쿠야에 넌지시 알리면 오미요의 행복한 생활을 뒤엎어버릴 수 있다—.

도쿠베에는 오키치의 마음에 그런 짓을 저지를 만한 감정이 숨어 있다고 생각한다. 그래서 오키치를 빤히 쳐다보는 것이다. 오키치 본인도 도쿠베에의 짐작이 전혀 엉뚱한 것이 아님을 알고 있다. 아니, 방금 알게 되었다. 제 가슴 속을 들여다보니 거기 그런 감정이 웅크리고 있었다.

"안 해요, 그런 짓."

오키치는 생각하고 또 생각했다.

꿈까지 꾸었다. 다이코쿠야 당주 앞에서 땀을 뻘뻘 흘리며 뭔가를 열심히 고하고 있는 자기 모습을. 다이코쿠야 주인은 유령처럼 하얀 얼굴을 하고 있고 오키치는 대담하게 웃고 있다. 비열한 웃음이다. 흠칫 놀라 깨어난 뒤에도 한동안 자신의 그 웃음소리가 귓가에 남아 있었다. 속이 메스꺼워졌다.

벚꽃 철이 돌아오고, 지나갔다. 그동안 오키치는 내내 생각했다. 도쿠베에 나가야로 날아드는 조신지 벚나무들의 꽃잎들은 그날 그토록 아름답게 오미요의 머리를 꾸며 주었지만, 오키치의 일상에서는 그 무수한 꽃잎들도 아침마다 비로 쓸어 버려야 할 지저분한 쓰레기일 뿐이다. 그것이 올봄에는 더 비참하고 암울하게 느껴졌다. 자꾸만 반복되는 꿈과 그 꿈속에서 들리는 자신의 비열한 웃음소리 때문이다.

그것이 너무나 혐오스러웠다.

쇼타와 결혼해서 둘이 우동 가게를 차리면 어떨까— 벌써 오래전에 제안을 받았던 이야기였다.

중매인은 물론 히사고야 주인 부부였다. 쇼타는 성실하고 기량도 믿을 만했다. 그가 오키치를 나쁘지 않게 생각한다는 것을 주인 내외는 알고 있었다.

당사자인 오키치는 주인 부부보다 훨씬 먼저 느끼고 있었다. 오키치도 쇼타의 성품을 믿었고 같이 일하는 것이 즐겁기도 했다. 다만 다이코쿠야로 시집가던 오미요처럼 무엇에 홀린 양 달뜬 기분은 느끼지 못했다. 그래서 차마 결정을 내리지 못하고 있었다. 그런 감정도 느끼지 못하고 결혼한다면 언젠가 크게 후회할 것 같은 기분이 들었다.

하지만 과감히 결정하자고 생각했다. 쇼타 씨만 좋다고 하면 결혼하겠다고 주인 부부에게 대답했다.

"다만 한 가지 부탁이 있어요."

"말해 봐."

"둘이 가게를 차린다면 후카가와를 떠나고 싶어요. 히사고야 단골손님을 빼앗는 건 싫어요."

주인 부부는 웃으며 받아 주었다. 쇼타도 싫다고 할 이유가 없었다. 그는 몹시 쑥스러워하며 오키치가 왈칵 눈물을 쏟을 정도로 기쁘고 행복한 얼굴이 되었다.

젊은 부부의 가게는 야마모토초보다 훨씬 북쪽인 혼조 히토쓰메노바시 근처에 내기로 정했다. 이야기는 빠르게 진행되어 오키치는 하루하루 바쁘고 정신없이 보냈다. 종종 틈새로 새어 나오듯 오미요 생각이 나기도 하지만 그럴 때는 눈 감고 도리질을 해서 떨쳐 버렸다.

가진 게 없는 처지여서 결혼을 한다고 해도 혼인식을 치를 수는 없었다. 두 사람이 도쿠베에 집에 인사하러 가자 그는 몹시 기뻐하며 축의금을 건네고 오키치를 위해 기모노 한 벌을 마련해 주었다. 도쿠베에는 평소 인색한 사람이었으므로 오키치는 크게 놀랐다.

그 달 말, 오키치가 마침내 나가야를 떠나기 위해 짐을 꾸리고 있을 때 도쿠베에가 얼굴을 비쳤다.

"잠깐 괜찮나?"

온기 없는 휑한 방에서 오키치는 도쿠베에와 마주 앉았다.

"잘 됐구나. 쇼타는 좋은 사람이야."

"열심히 일하는 사람이죠."

도쿠베에는 천천히 고개를 끄덕이고 오키치의 얼굴을 보았다. 지난번처럼 탐색하는 눈초리가 아닌 부드러운 눈빛이었다.

"쇼타와 결혼하지 않더라도 너는 혼자서라도 여기를 뜰 생각이었겠지?"

오키치는 눈을 몇 번 깜빡이고 나서 미소를 지었다. "글쎄…… 어땠을까요."

"뭐 아무렴 상관없는 이야기다. 그래도 혼자 떠나는 것보다 결혼으로 나가게 돼서 다행이구나. 오미요 일이 계기가 되어 네가 쇼타와 결혼하기로 마음먹은 건 좋은 일이지."

"관리인님……."

도쿠베에는 뼈가 불거진 손을 살살 저었다.

"됐다. 나는 말이다, 오키치, 네가 오미요의 비밀을 다이코쿠야에 고자질할 거라고는 생각해 본 적 없다. 하지만 너를 의심하는 모습을 너에게 분명히 보여 두는 게 낫겠다고 생각했던 거야. 그래서 그때 하지 않아도 될 말을 굳이 했던 것이고. 미안했다."

"저, 생각했었어요. 고자질할 수도 있다고." 오키치는 말했다.

"하지만 하지 않았잖아. 대신 후카가와를 뜨기로 했고. 역시 너

답구나. 너는 아마 그렇게 할 거라고 오미요도 말했었지."

오키치는 놀라서 허리를 폈다.

"오미요 짱이?"

도쿠베에는 정색하고 있었다. "오해하지는 말아라. 오미요는 너를 후카가와에서 몰아내려고 그런 비밀을 털어놓은 게 아니야. 다만 그 이야기를 들으면 아마 오키치 짱은 이곳을 뜰 거라고, 그런 사람이라고 했을 뿐이야."

"제가…… 고자질을 할까 망설이다가 결국 그런 내가 싫어서 오미요 짱으로부터 먼 데로 갈 거라고요?"

"그래."

오키치는 왠지 가슴이 술렁거렸다. 대체 오미요는 무슨 생각을 하고 있을까?

"오미요가 그러더구나" 하고 도쿠베에는 계속했다. "나는 오키치 짱을 배반했다. 내 행복만 생각했고 혼자서만 행복해하고. 늘 그게 미안했다고. 그래서 만약 오키치 짱이 이 사실을 다이코쿠야에 고한다고 해도 원망하진 않을 거라고, 오히려 그것으로 빚을 갚았다고 생각할 것 같다고—."

도쿠베에는 쓴웃음을 지었다.

"하지만 오키치 짱은 고자질 같은 건 하지 않을 거다, 그보다 후카가와를 멀리 떠날 거라면서 웃더군. 그것도 나쁘지 않다, 내가 다이코쿠야에서 쫓겨나는 꼴을 오키치 짱에게 보여 주고 싶지 않으니까, 라고 하며 그 아이, 묘하게 달관한 듯한 얼굴로 말하더라."

"그럼 오미요 짱은 그것 때문에, 그러니까 그런 말을 하려고 일
부러 온 건가요?"

"오미요답지. 그 아이는 우리 신지를 통해서 나가야 상황을 계
속 듣고 있었다는구나. 신지가 그렇게 되바라진 녀석이니 제법
도움이 되었을 거다."

그렇다면 오키치와 쇼타의 혼담도 이미 알고 있었는지 모른다.

"오미요 나름대로 저울의 균형을 맞추려고 했던 거지"라고 도
쿠베에는 말했다.

"저울?"

"그래. 오미요만 올라가고 너는 밑으로 처져 버렸지. 하지만 그
것만은 정말 대책이 없는 짓이었는데."

어리석은 아이 같으니, 라고 도쿠베에는 중얼거렸다.

"대체 누구 아이를 가진 걸까. 시집을 가고 보니 다이코쿠야에
는 자기 자리가 없다는 걸 깨달았겠지만, 그렇다고 해서—."

"시치미 떼고 다이코쿠야 당주의 자식으로 키우면 되잖아요?"
하고 오키치가 말했다. "그러면 되는 거잖아요. 그걸 위해서 제가
여기를 뜨는 거고."

"글쎄, 어떨지" 하고 도쿠베에는 말했다.

"내일 일은 알 수 없지. 알 수 없지만, 오키치, 너는 이제 관여
해서는 안 돼. 이제 그 정도면 됐다. 오미요도 그걸 바랄 테니까."

오키치는 눈길을 내려 자기 양손을 쳐다보았다. 아마 도쿠베에

말이 맞을 것이다. 이제 이 손으로는 오미요와 오키치가 양쪽에 걸린 인생의 저울을 각자가 만족할 수 있게끔 균형을 잡아 줄 수는 없는 것이다.

"가게를 시작하면, 관리인님, 꼭 와 주세요" 하고 오키치는 말했다. 암, 가고말고, 하고 도쿠베에는 말했다.

그것을 끝으로 두 사람은 입을 다물었다. 들리지 않는 오미요의 목소리에 함께 귀를 기울이듯 그저 조용히 앉아 있었다.

스나무라

간척지

두 명이 우산 하나를 받치고 운하를 따라 걷는 탓에 오하루는 비에 젖고 있었다. 모퉁이를 돌 때나 맞은편에서 오는 사람과 스쳐 지날 때면 오킨 아줌마 몸에 밀려서 잠깐씩 우산 밖으로 벗어나고 만다. 이럴 거면 찢어진 우산이라도 좋으니 집에서 우산을 가지고 나올 걸 그랬다고 생각했다.

장마철 한복판에 내리는 가랑비는 도통 그칠 기미가 없다. 잿빛 하늘을 정직하게 비춰주는 운하 위에도, 운하 오른쪽으로 이어지는 상가의 판자 지붕이나 처마 끝 간판에도 가늘게 내리고 있다. 너무 잘아서 일일이 방울을 분간할 수 없는 빗방울이지만 어느새 소매와 옷자락부터 스며들어 오하루의 몸을 조금씩 식혀간다.

시나브로 흠뻑 젖게 만드는 이 고약한 비는 요즘 우리 집에 내리는 재앙을 닮았네—라고 오하루는 문득 생각했다. 열두 살 아이의 머리에 떠오른 이 생각은 제가 느끼기에도 제법 어른스러운 비유였지만, 한편으로는 그런 비유를 떠올렸다는 것이 뿌듯하기도 해서, 축 쳐지기만 하던 기분을 아주 조금은 살려 주었다. 오늘부로 하녀 일을 시작한다, 나는 오늘부터 어른이야.

"너, 아침은 먹고 왔니?"

오킨 아주머니가 물었다. 아주머니는 걸음을 멈추었다. 저쪽에서 다가오는 커다란 짐수레를 보내기 위해서다. 상념에 빠져 있던 오하루는 당황하며 아주머니를 따라 걸음을 멈추었지만, 그래서 또 우산 밖으로 나가고 말았다.

"먹고 왔어요" 하고 오하루는 대답했다.

하녀 일을 시작하는 기념할 만한 날인데 볼썽사납게 배에서 꼬르륵 소리를 내면 안 된다며 엄마가 어디서 얻어온 찬밥 덩어리를 물에 씻어 주었다. 그 찬밥은 평소라면 죽으로 끓여 아빠와 오치카와 겐타의 끼니가 되어야 할 귀한 것이었다. 그러므로 엄마가 밥그릇을 눈앞에 놓을 때까지는 "괜찮아" 하며 사양하려고 생각했지만, 찬물로 씻은 밥알에 윤기가 자르르 흐르는 것을 보니 얼른 입안에 퍼 넣지 않을 수 없었다.

"그 집에서는 밥을 안 주거든. 너는 통근하며 낮 시간에만 일하는 거니까. 그 집에서는 일꾼들에게 하루 두 끼만 준단다."

오킨 아줌마는 눈앞에 있는 짐수레를 쳐다보며 가차없이 말했다. 짐수레는 바퀴가 진창에 빠져 끼걱끼걱 소리만 낼 뿐 좀처럼 움직이지 못했다. 머리에 수건을 두른 수레꾼의 얼굴과 어깨가 땀과 비에 젖어 엿 빛깔로 번들거렸다.

"알아요." 오하루도 짐수레를 쳐다보며 대답했다.

수레에 뭐가 실렸는지 짚으로 싸고 새끼줄로 묶은 네모난 물건이 빼곡히 실려 있다. 꽤 무거워 보인다. 하지만 이것을 가져다주기 전에는 이 수레꾼도 돈을 받지 못할 테고, 그러면 오늘 하루 밥을 굶을 것이다. 돈벌이란 그런 것이니, 비가 오나 눈이 오나 덥거나 춥거나 불평 한 마디 흘리면 안 되는 거라고 엄마는 말했다.

"거기 좀 빨리 갑시다."

조바심이 나는지 오킨 아줌마가 수레꾼에게 말했다.

"어린애가 기다리고 있잖아요. 이런 데 멀거니 서 있다가 고뿔 걸리겠네."

수레꾼은 수건을 감은 머리를 슬쩍 이쪽으로 향하고 아줌마 얼굴을 쳐다보는 듯했다. 하지만 그대로 아무 말 없이 끙, 하며 힘주어 수레를 끌었다. 야박한 여편네 같으니, 라고 생각했을 것이다.

마침내 수레가 움직이고 길이 열리자 오킨 아줌마는 냉큼 걷기 시작했다. 우산이 급하게 앞장선다. 오하루는 짜증이 나서 이제 우산 같은 거 안 씌워줘도 좋다고 생각했다.

그러자 아줌마가 뒤돌아보며 꾸짖었다.

"뭐 하니, 몸이 다 젖잖니. 꾸물거리지 마! 그렇게 소처럼 굼뜨면 하녀 일 못한다. 빨리빨리 걸어!"

오하루는 아줌마에게 뛰어갔다. 그리고 다시 몸 절반을 적시며 걸었다. 엄마라면 절대로 이렇게 하지 않는다. 당신은 젖더라도 오하루에게 우산을 씌워 준다. 그런 생각을 하자 아무리 속으로 '나는 어른이야'라고 기운을 북돋아도 역시 홀로 세상에 나서는 두려움이 사무친다.

오하루 일가는 후카가와 우미베다이쿠초의 나가야에 산다. 원래는 석재 적치장이 있던 곳이어서, 지금은 다른 사람 소유지가 되었어도 여전히 이시야石屋 나가야라 불린다. 아빠 이름은 가쿠조, 엄마는 오나카. 아빠는 어려서 부모를 여의고 고생하며 자랐고, 엄마는 여기 후카가와에서 태어나 가난하게 자랐지만 그만큼 몸을 아끼지 않고 일하는 부지런한 사람이다.

오하루보다 두 살 많은 오빠 주타는 작년 봄부터 오가와초 강무소講武所 에도 막부가 설립한 무예 훈련 기관 근처 붓 가게에 기숙하며 일하고, 그 밑으로 오치카, 겐타라는 두 동생이 더 있다. 게다가 겐타는 이제 막 젖을 뗀 아기였다.

자식 많은 집답게 지출이 많았지만 살림은 넉넉하지 못했다. 그래도 빠듯하나마 즐겁게 살고 있었다. 모두 건강하고 아빠가 열심히 일하는 동안에는.

가쿠조는 지붕 기술자로, 그 길에 들어선 지 벌써 25년이 된다. 열 살 전후에 지붕 장인 밑으로 들어가 기초부터 배웠다. 어엿한 장인이 되고 나서는 사부를 대신하여 사람들을 부리며 작업을 지휘하기도 하고 실력도 인정받았다. 사부는 주로 무가 저택이나 사찰, 대형 상가 등의 기와 지붕 일거리를 청부받는, 말하자면 큰 작업을 의뢰받는 장인이어서, 그 오른팔이던 가쿠조의 벌이도 상당히 좋았다.

그런데 그 가쿠조가 어찌된 일인지 눈을 앓기 시작했다. 꼭 1년쯤 전이다. 눈앞이 희미한 것이 잘 보이지 않는다는 말을 하기 시작했다.

처음에는 사소한 눈병인 줄 알았다. 특별히 피가 나는 것도 아니고 아프거나 가렵지도 않았다. 다만 아침에 일어나 보면 눈곱이 엄청 많이 끼어 있고, 자꾸 눈물이 나는 정도였다고 한다. 에이, 별 거 아냐, 하며 오나카도 자식들도 아빠가 곧 나을 줄 알고 있었다. 사실 가쿠조도 처음에 그렇게 말했고, 얼마 지나지 않아서는 "다 나았어"라고 말했다.

"이제 괜찮아."

하지만 그 '괜찮아'는 처자식이 걱정할까 봐 그냥 하는 말이었고, 실은 눈앞이 점점 더 희미해지고 있었다. 오나카와 아이들이 그 사실을 안 것은 그 뒤 한여름이 되어 가쿠조가 발판에서 굴러 떨어져 다리가 부러졌을 때였다.

그때도 가쿠조는 눈앞이 희미해서 발판에서 떨어진 거라고 말하지 않았다. 마침 작업하던 곳이 동판 지붕이었는데, 구리 기와에 햇빛이 반사되어 눈이 너무 부셨던 탓이라고 했다. 하지만 오나카도 지붕 기술자의 아내로 괜히 그 오랜 세월을 살아 온 것이 아니다. 남편 말에 의아함을 느끼고 사부와도 상의해서 넌지시 자꾸 물어보니 마침내 남편도 사실대로 털어놓았다. 실은 눈이 나아지기는커녕 점점 안 보이게 되어서, 가령 한 자쯤 떨어진 거리에서는 끌인지 망치인지조차 분간하기 힘들 정도라고 했다.

부러진 다리가 나을 때까지 어차피 일은 못 한다. 사부는 크게 낙심하여, 가쿠조가 쉬는 동안에도 수당을 줄 테니까 확실하게 고쳐서 돌아오라고 말해 주었다. 뿐만 아니라 눈을 잘 고친다는 의원도 소개해 주었다. 그 의원의 진단에 따르면 눈 속에 있는 물이 탁해져서, 그 탓에 앞이 희미해 보이는 거라고 했다. 치료는 쉽지 않고 시간도 오래 걸리지만, 나을 가망성은 있다고 장담했다.

그 말을 듣고 안도했다. 게다가 다리만 나으면 지붕에는 올라가지 못해도 작업을 지휘하거나 주변 작업은 할 수 있을 터였다. 가쿠조는 일단 치료에 전념했다. 사부도 수당을 꼬박꼬박 주었다. 치료에 돈이 들어 살림은 한층 빠듯해졌지만 불안에 빠질 정도는 아니었다.

하지만 시나브로 몸을 적시는 가랑비처럼 나쁜 일은 의식하지 못하는 사이에 다가왔다. 초가을이 되자 사부가 쓰러진 것이다. 가벼운 졸중 같았는데, 일단 생명은 건졌지만 자리에 드러눕고 말았다. 기질이 강한 사부는 자리보전 중에도 이런저런 지시를 내리고 가쿠조의 후배를 우두머리로 내세워 작업을 시켰다. 그 즈음 아직 눈은 좋아지지 않았지만 다리는 회복되었던 가쿠조에게도 후배와 힘을 모아 작업을 지휘해 달라고 말했다.

그런데 사부가 아무리 자상해도 현장 지휘관이 바뀌면 아무래도 달라져 버리는 게 있다. 우두머리가 된 후배는 점점 자기가 키운 제자들만 좋은 작업에 할당하며 가쿠조를 방해한 것이다. 그러자 기가 드센 가쿠조도 맞서게 되고 응당 배정받아야 할 작업과 돈도 제대로 받지 못하게 되었다. 살림은 한층 빠듯해졌다. 오하루의 집으로 가난이라는 글자가 말도 없이 뚱하니 다가와 처음에는 마루턱에 한쪽 발을 올리고 다음에는 두 발을 올리더니 이어서 완전히 올라서고, 마침내 자리를 잡고 앉아 버렸다.

그 뒤로는 가난에 휘둘리며 후속타를 맞았다. 여태껏 사부가 내주던 수당까지 끊겼다. 후배가 일하지 않는 사람에게 돈을 주는 법은 없다, 그래서는 다른 일꾼들에게 나쁜 본보기가 된다며 멋대로 끊어버린 것이다. 분노한 사부가 병상에서 아무리 꾸짖어도 들은 척을 안 하니 방법이 없었다. 게다가 가쿠조도 엉뚱한 장면에서 오기를 부려, 너희가 그렇게 나온다면 내가 다시 발판에 올라갈 수 있게 될 때까지 땡전 한 푼 안 받겠다며 큰소리쳤다. 그러자 가쿠조 일가의 생계가 막막해지고 말았다.

그동안 부업으로 살림을 거들어 온 오나카도 밖으로 일하러 나갈 수밖에 없었다. 오카와 강변에 있는 작은 요리점에 점원으로 들어간 것이다. 해 질 녘부터 밤까지는 그곳에서 일하고, 아침부터 한낮까지는 나가야 근처 밥집에서 일했다. 당장 급한 가쿠조의 치료비는 아들 주타가 일하는 가게에서 얼마간 가불을 받아 썼다. 오하루도 엄마를 대신하여 집안일을 하는 한편 바지락 장사, 심부름, 아기보기 등 할 수 있는 일은 뭐든지 해서 생계를 거들었다. 보다 못한 사부가 종종 몰래 주는 돈도 요긴해서 일가는 그럭저럭 생활하고 있었는데—.

불운이라는 것은 끝장을 보려고 들기 마련이다.

그 사부가 지난 정월 초에 덜컥 세상을 떠나고 말았다. 여전히 낫지 않은 눈을 무릅쓰고 장례를 거들러 간 가쿠조에게 후배가 차갑게 말했다. 설사 눈이 완치되어도 우리하고는 일할 수 없다고. 가쿠조 일가는 이제 믿을 곳도 기댈 곳도 다 잃어버린 것이다.

오나카 한 사람의 벌이와 주타가 보내 주는 푼돈으로는 더 이상 일가가 먹고살 수 없었다. 그것은 지난봄부터 알고 있었다. 그래도 가쿠조는 딸 오하루를 고용살이로 보내자는 말에 응하지 않고 있었다. 지금까지 해 온 것처럼 집안일을 하는 틈틈이 삯일을 하면 된다, 내가 언제까지 자식들 벌이에 의지할 것 같으냐, 내 눈도 금방 낫는다— 그런 말만 하고 있었다.

하지만 살림은 궁핍해질 뿐이었다. 이제 고집은 통하지 않았다. 잠을 줄여 가며 일하는 오나카는 요즘 들어 누가 봐도 핼쑥해졌다. 가쿠조 간병이나 집안일은 이전보다 더 무겁게 오하루의 어깨를 짓누르고 있었지만, 어린 마음에도 '나도 일하고 싶다, 돈을 벌고 싶다'는 생각을 하게 되었다.

그러던 어느 날, 그게 정확히 보름쯤 전이었나, 오나카와 같은 요리점에서 일하는 오킨이, 자신의 먼 친척뻘이 스나무라 간척지의 지주 집인데, 그 집에서 하녀를 구하고 있다는 이야기를 전해주었다. 기숙하지 않고 통근하며 일해도 좋다고 하니 오하루 짱이라면 가쿠조 씨나 동생들을 돌보면서 일할 수 있지 않겠느냐고 했다.스나무라 간척지는 혼조 후카가와 지역의 동쪽 끝에 있는 지역으로, 현재의 도쿄 고토쿠江東区에 속한다. 혼조 후카가와 지역과 마찬가지로 강 하구의 습지대를 간척하여 조성한 지역이며, 주로 에도에 청과물을 공급하는 농경지로 이용되었다.

그것만이 아니었다. 오킨은 오하루에게 심상치 않은 이야기도 전했다. 엄마가 많은 빚을 지고 있는 것 같다는 것이다. 오하루도 전해 들었을 뿐이니, 어디에 빚을 졌는지, 자세한 사정까지는 알 수 없었지만, 당연히 생활비 때문에 빚을 냈을 것이다. 그런 이야기까지 들었으니 설사 아빠가 아무리 무서운 얼굴로 말리고 자책하며 소리쳐도 오하루는 이 통근하는 하녀 일자리를 받아들이지 않을 수 없었다.

그래서 지금 얼굴과 손발을 어루만지듯 내리는 차가운 비에 젖으며 오킨 아줌마를 따라 스나무라 간척지를 향해 걷고 있다. 고개를 살짝 숙이고 걷는 것은 얼굴에 떨어지는 비가 차가워서지 슬퍼서가 아니라고 스스로를 다독이며.

이렇게 시작된 오하루의 하녀 일은 주로 빨래와 변소 청소였다. 지주 집은 식구도 많고 일꾼도 많아서 빨랫감이 늘 넘치는데다 갓 태어난 아기까지 있어서 매일 나오는 기저귀의 양만 해도 상당했다. 그 빨랫감을 처리하기 위해 일손을 고용하는 것이므로 품삯이 싸고 번거로움이 덜한 통근 하녀면 충분했던 것이다. 오하루는 하녀 일을 시작한 그날부터 그야말로 숨 돌릴 새도 없을 만큼 바쁘게 일했다.

그래도 실제로 일하고 보니 걱정했던 정도는 아니었다는 생각도 들었다. 집안일이라면 이미 몸에 익었던 것이다. 집에서는 장마철에 빨래 말릴 자리가 없어 곤란했지만, 지주 집에서는 비어 있는 방을 하나 잡아 건조장처럼 쓰고 있어서, 그 점에서는 오히려 집에 있을 때보다 편했다. 묵묵히 빨래와 청소만 하면 되는 처지이므로 낯선 사람을 대면하는 난처함도 없었다.

매일 해 뜨기 전에 집을 나서서 스나무라 간척지로 출근했다가 해 질 무렵 돌아왔다. 스나무라를 왕복하는 길은 늘 혼자여서 오하루의 작은 다리로는 결코 쉬운 거리가 아니었고, 힘들다면 이 통근이 가장 힘든 일이기는 했다. 그러나 잠기운이 남아 있는 머리로, 혹은 지칠 대로 지쳐 뻐근한 등을 구부정하게 구부리고 스나무라 간척지의 좁은 논두렁길을 걷고 있을 때, 오하루는 그래도 누구에게랄 것 없이 방긋 웃어 보였다. 나는 돈을 벌고 있어, 이렇게 돈을 버는 거야—라고 생각하면서.

오킨이 말한 대로 밥은 주지 않았지만 부엌을 담당한 나이든 하녀가 오하루를 딱하게 여겨 종종 삶은 고구마나 경단 따위를 먹게 해 주어서 큰 힘이 됐다. 그리고 오하루가 하녀 일을 시작하고 보름쯤 지나는 동안 오킨 아줌마가 놀랍게도 두 번이나 얼굴을 비쳤다. 지주는 그녀의 먼 친척뻘이라고 하므로 그 집에 찾아오는 게 이상할 것은 없으나, 올 때마다 오하루를 불러 일 잘하고 있니? 뭐 어려운 건 없니? 하고 물어 주었다. 오하루에게 일자리를 소개한 만큼 무슨 문제가 생기면 곤란하다고 여겨 그랬겠지만, 오킨 아줌마도 그리 박정한 사람은 아니구나, 하고 오하루는 조금은 생각을 달리해 보았다. 사람들은 참 알 수 없다.

어쨌거나 장마가 끝나고 여름 햇볕이 쨍쨍 내리쬘 때쯤이 되자 하녀 일이 완전히 몸에 익어 있었다. 빨래만이 아니라 가끔 심부름 따위도 했는데, 다른 하녀들처럼 중간에 딴짓 하지 않고, 매일 걸어 다녀서 튼튼해진 다리로 잽싸게 갔다가 잽싸게 돌아오는 오하루는 지주 집에서도 요긴한 일꾼이었을 것이다.

심부름으로 가는 곳은 대개 니혼바시 근처에 있는 약재상이었다. 아기 어머니, 즉 이 집의 며느리가 산후조리가 좋지 않아 내내 자리보전 중이었는데, 그 며느리에게 먹일 약을 받아오는 것이다. 처방전은 정해져 있고 지불은 월말에 지주 집 지배인이 한꺼번에 처리하므로 오하루는 그냥 다녀오기만 하면 된다. 그래도 종종 지배인이 심부름값을 줄 때가 있어서, 땀을 뻘뻘 흘리며 달리다시피 왕복한 보람은 있었다. 해서 오하루는 "심부름 다녀와라"라는 지시를 기다렸고, 시키기만 하면 언제든 냉큼 달려갔다.

오하루가 어느 이상한 남자와 마주친 것도 그런 심부름을 다녀오던 길에서였다.

　그날은 아침부터 더웠다. 해는 쨍쨍 내리쬐고 바짝 마른 길에서 올라오는 열기에 자칫 현기증이 날 정도였다. 심부름을 가려고 지주 집을 나설 때만 해도 멜빵을 풀어내고 걷기 시작한 오하루였지만 금세 다시 멜빵을 걸치고 소매를 걷어붙여 팔뚝을 드러냈다.

　약재상에서 약을 받은 다음에는 품에 꼭 품고 돌아가기 시작했다. 많지 않은 그늘을 골라 걸었지만 아무리 오하루라도 걸음이 느려졌다. 땀이 흐르고 목은 바짝 말랐다. 지주 집에 돌아가면 빨래장으로 가서 우물물을 바닥이 드러나도록 다 마셔 버려야지, 하고 생각했다.

　후카가와에 들어서자 신다카하시, 오기바시 다리를 건너 오나기 운하를 따라 걸어가다가 그 지역에서 야에몬 간척지라 불리는 곳에 이르자 너무 더워 한숨 돌리기로 했다. 스나무라 간척지도 얼마 남지 않았다. 길가의 옹색한 감나무 그늘에서 수건으로 얼굴과 목덜미의 땀을 닦았다. 어디선가 소가 졸린 소리로 울고 있고 길바닥에는 바짝 마른 말똥이 굴러다닌다. 푸릇푸릇한 간척지에는 햇빛을 반사하는 갓을 쓴 사람 그림자가 점점이 흩어져 있었다. 해는 지금 오하루의 머리 바로 위에 있다.

　논물에 적신 수건에 얼굴을 묻어 발갛게 달아오른 볼을 누르며 한숨 돌릴 때 문득 저쪽에서 사람 그림자 하나가 걸어오는 것이 보였다. 한낮이라 인기척이 없는 길에 연회색 옷자락이 바람에 팔랑거린다.

남자 같았다. 오하루가 곧 걸어야 하는 쪽에서 오하루가 지나온 쪽을 향해 걸어온다. 가까이 왔을 때 그가 옷과 같은 무늬의 하오리를 걸쳤음을 알았다. 이 더운 날 정장을 차려 입은 것을 보니 어느 지주 집을 찾아온 손님인 모양이다.

오하루가 적신 수건으로 목을 닦고 있자 남자가 금세 다가와 눈앞을 가로질러 갔다. 그러다가 오하루에게서 조금 떨어진 자리에서 문득 멈추었다. 뭐지, 하며 곁눈질을 하니 남자가 신은 셋타의 새하얀 코끈이 보였다. 버선을 신지 않은 발에 복사뼈가 묘하게 튀어나와 있다.

셋타 소리가 찰싹찰싹 멀어져 간다. 오하루는 고개를 들고 수건을 개켜서 팡, 소리 나게 털었다. 도착할 쯤에는 대강 말라 있겠지―.

그때 목소리가 들렸다.

"너, 오하루 짱이냐? 오하루 짱이지?"

오하루가 깜짝 놀라 고개를 들었다. 회색 옷을 입은 아까 그 남자가 두어 칸 떨어진 곳에서 걸음을 멈추고 교태를 짓는 것처럼 몸을 틀어 이쪽을 돌아보고 있다.

오하루와 눈길이 마주치자 남자가 미소를 지었다.

"오, 역시 그렇구나. 오하루 짱이야."

전혀 모르는 남자였다. 이목구비는 단정하지만 피부가 창백하고 몹시 여위어 마치 해가 쨍쨍한 한낮에 밤인 줄 착각하고 튀어나온 유령 같았다. 이 사람이 어떻게 내 이름을 알지? 오하루는 불쾌한 기분이 앞서서 얼른 대답하지 못했다.

"엄마를 쏙 빼닮았구나. 그런 소리 듣지 않니?"

남자는 두어 발 뒷걸음질하여 오하루에게 다가왔다. 오하루는 그제야 목소리를 찾았다.

"실례지만 누구세요?"

남자는 턱을 조금 쳐들고 눈을 깜빡이다가 웃음을 터뜨렸다. 손을 들어 제 머리를 짚는다. 소매 밖으로 나온 팔뚝도 앙상하다.

"이런, 미안하다. 놀라게 했구나. 오하루 짱은 내 얼굴을 모르겠지."

"엄마랑 아는 분이세요?"

"그래. 나는 이치타로라고 한다." 그렇게 말하고 남자는 눈을 가늘게 떴다. "엄마는 건강하시니?"

"우리 엄마는—."

오나카라고 하는데요, 라고 말하려는데 남자가 갑자기 성큼성큼 오하루에게 다가왔다. 저도 모르게 뒤로 펄쩍 뛰어 물러나자 남자가 손을 들어 오하루의 가슴을 가리켰다.

"그거, 약봉지 아니니?"

오하루의 가슴에는 약재상에서 받아 온 약이 들어 있다.

"어디가 아프니, 엄마가?"

남자는 진지한 표정으로 오하루의 눈을 똑바로 쳐다보았다. 진심으로 걱정하는 것 같다.

오하루는 말을 더듬었다.

"이건, 우리 약이 아녜요."

"심부름이니?"

"예" 하고 오하루는 고개를 끄덕였다. 나는 하녀로 일하는데요—부터 시작해서 여러 가지 할 말이 머리를 스쳤지만 그 말을 꺼내기도 전에 남자가 말했다.

"그래? 그럼 다행이구나. 엄마는 건강하구나."

혼자 납득한 듯 고개를 끄덕인다. 논 쪽으로 고개를 돌리고 눈부신 듯 눈을 가늘게 뜨고 뭔가 기억을 떠올리는 듯한 모습이다.

오하루는 당혹스러웠다. 이 사람, 누구지? 이치타로? 그런 이름은 엄마한테 들어 본 적이 없다.

머뭇거리고 있는데 다시 한 사람이 운하 변 모퉁이를 돌아 이쪽으로 다가오는 것이 보였다. 다름 아닌 오킨 아줌마였다. 아줌마는 감나무 밑에 서 있는 오하루를 알아보고 잠깐 걸음을 멈췄다. 뭘 하는 거지? 하는 느낌이다. 한손에 줄무늬 보자기로 싼 보퉁이를 들고 햇살에 낯을 찡그리고 있다.

오하루는 점점 당혹스러웠다. 오하루의 당황을 알아차렸는지 상념에서 벗어나 눈길을 든 남자가, 상황을 살펴보는 듯이 오하루와 자신을 번갈아 쳐다보는 오킨 아줌마를 발견했다. 그러자 갑자기 당황한 표정이 되었다.

"그럼 엄마 잘 모셔라. 부탁해, 오하루 짱."

그렇게 말하고 남자는 바로 몸을 돌렸다. 왠지 도망치는 것처럼 잰걸음으로 급히 떠난다. 당황한 오하루는 입을 멍하니 벌리고 있었다.

남자는 오킨 아줌마 곁을 급하게 지나갔다. 아줌마는 찡그린 낯으로 몸을 틀어 남자를 똑바로 쳐다보았다. 그리고 남자의 모습이 사라지자 오하루 곁으로 뛰어왔다.

"저거, 누구냐?"

오킨 아줌마가 무서운 얼굴을 하고 있어서 오하루는 '엄마를 아는 분 같아요'라고는 말하기가 어려웠다. 그렇게 말하면 곤란할 것 같은 기분이 스쳤던 것이다.

"모르는 사람이에요."

"얘기하고 있던 거 아냐?" 아주머니가 책망하듯 말했다.

"길을 물었어요."

흐음, 하고 오킨 아주머니는 말했다. 남자가 사라진 쪽을 돌아다보며 잠시 고개를 갸웃거렸다.

"그럼 다행인데, 저거 형편없는 작자야."

오하루에게는 형편없는 작자보다 환자처럼 보였다.

"옷은 잘 입었지만……."

"부자 같았어요."

"어딜. 야쿠자나 한량일 게 뻔해. 하오리 끈을 겐카 매듭으로 했잖니."

"겐카 매듭?"

"아, 모르니?"

오킨 아주머니는 살짝 웃었다. 단단해 보이는 이가 보인다.

"야쿠자나 소매치기 들이 흔히 하는 매듭이 있단다. 비상시에 굳이 손으로 풀지 않고 하오리를 당기기만 해도 쉽게 풀리는 매듭이지."

소매치기가 그런 매듭을 하는 것은 쫓기다가 뒤에서 목덜미를 붙들렸을 때 하오리만 스르륵 벗어 버리고 도망칠 수 있기 때문이라고 한다. 한편 야쿠자라면 "너 이 자식, 밖으로 나와!" 하며 싸우려고 할 때 멋진 모습으로 하오리를 단번에 벗어 던질 수 있기 때문이라고 한다.

"곧 가르쳐 줄게. 알아 두는 게 좋으니까. 겐카 매듭 같은 걸 하고 있는 사내하고는 엮이면 안 돼ㅡ. 그런데 너 여기서 뭘 하고 있니?"

"심부름 다녀와요. 저어, 아주머니는ㅡ."

오킨 아줌마는 보통이를 번쩍 쳐들어 보였다.

"너한테 옷을 가져다주려고 왔다. 헌 옷이긴 하지만. 여름에 단벌로 버티자니 힘들지? 땀투성이라, 자 봐, 하얗게 소금꽃이 피었잖니."

아줌마는 오하루가 입은 옷의 목깃을 가리키며 낯을 찡그렸다.

"너도 지금 돌아가는 거지? 그럼 얼른 가자. 이런 데 서 있다가 새카맣게 타 버릴라. 어서 가서 보리차라도 얻어 마셔야지."

소매로 얼굴을 부채질하며 걷기 시작하는 오킨 아주머니를 오하루는 잔달음질로 좇아갔다. 아줌마, 겐카 매듭을 하고 있던 형편없는 그 남자가 우리 엄마를 아는 사람 같아요, 라고는 끝내 말하지 못한 채.

오킨 아줌마가 낯을 찡그리는 그런 남자와 우리 엄마는 대체 어떻게 알게 되었을까.

그 생각이 떠나질 않아 오하루의 마음은 온갖 번뇌로 가득 찼다. 오킨 아주머니는 짐작했던 것보다 마음씨는 좋은 것 같지만 그래도 결코 기품 있는 사람은 아니다. 그런 사람이 내뱉듯이 '형편없는 작자'라고 했다. 그 남자가 우리 엄마와 매우 친밀한 듯 '잘 지내?'라고 물었다. 엄마의 딸인 내 이름도 알고 있었다. 이게 어떻게 된 일일까.

오하루가 하녀 일을 시작한 뒤에도 일가의 살림이 빠듯한 궁상이라는 데는 변함이 없고, 엄마는 여전히 부지런을 떨며 일을 다니고 있다. 피곤한 얼굴을 숨길 길은 없지만 그래도 불평 한 마디 하지 않는 것은 존경스러웠다.

아빠는 오하루가 하녀 일을 시작한 직후에는 화를 잘 내고 불만이 많아져, 나 같은 밥벌레는 죽는 게 낫다고 소리치기도 했지만, 누구에게—관리인님이나 의원 선생일 것이다—충고를 들었는지 많이 차분해져서, 오하루가 없는 한낮에는 자식들을 돌보고 손으로 더듬어 가며 집안일도 조금씩 하게 되었다.

의원 말로는 요즘 새로운 처방을 시작했다는데, 이게 효과를 발휘한다면 아빠의 눈병도 많이 좋아질 거라는 둥, 환자 본인이 자포자기하면 안 된다는 둥, 누누이 충고했다. 아빠는 얌전한 얼굴로 그 말을 듣고 있었다.

그렇게 지내는 동안에도 오하루는,

'근데, 아빠, 이치타로 씨라는 사람 알아?'라는 지극히 쉬운 질문을 차마 입 밖에 내지 못했다. 물어보면 아빠가 어떤 표정을 지을지, 그걸 보는 것이 두려웠다. '형편없는 작자'라고 하니까.

하오리 끈을 겐카 매듭으로 묶는 형편없는 작자와 엄마는 어디서 어떻게 알게 되었을까. 그 생각을 하자 오하루는 온몸이 떨렸다. 엄마는 빚을 졌다. 아마 대금업자에게 빌렸겠지. 그 남자는 그런 대금업자의 수하인지도 모른다. "엄마는 잘 지내?"라는 물음은 그런 수금원들이 하는 인사였는지 모른다.

아니, 그 남자는 엄마가 일하는 요리점의 단골손님일까. 어쩌면 엄마에게 치근대는 자일 수도 있다.

'왜냐하면 그렇게 물어볼 때의 얼굴이 엄마를 나쁘게 생각하는 사람의 표정이 아니었어.'

혹시 엄마는 그 남자와? 요리점에는 온갖 손님이 온다. 여자를 유혹하러 오는 자도 있을 것이다. 엄마가 그런 남자와? 돈 때문에?

생각하면 할수록 나쁜 상상만 부풀어 오른다.

하지만 먹는 것도 줄이고 죽어라 일하면서도 틈만 나면 웃는 얼굴을 보여 주며, "틀림없이 좋아질 테니까 조금만 참아요"라고 아빠를 격려하는 엄마인데 어째서 그것을 물을 수 없을까. 만약 엄마가 뭔가를 숨기고 있다고 해도, 그 숨긴 뭔가에 이치타로라는 남자가 얽혀 있다고 해도 오하루는 도저히 물어볼 수 없다. 엄마를 슬프게 하는 일, 책망하는 일만은 결코 할 수 없는 것이다.

뭔가 더 어려운 사태가 일어나지 않는 한—부디 그런 일이 일어나지 않기를—이치타로라는 남자에 대한 이야기는 내 속에만 담아 두자. 그렇게 결심하고 마음에 커다란 돌을 품은 채 오하루는 여름을 넘기고 가을을 맞았다.

"그러니까 돈을 모으겠지. 뼛속까지 인색한 것들 같으니."

콧김을 씩씩거리며 오킨 아줌마가 말했다.

한여름에 이치타로라는 사람이 말을 걸던 그 감나무에 붉은 열매가 동글동글 매달렸다. 꼭대기에 열린 열매에 까마귀가 쫀 흔적이 있으니 틀림없이 달콤할 것이다.

스나무라 간척지에서 우미베다이쿠초의 집을 향해 오하루는 오킨 아줌마와 함께 걷고 있었다. 지주 집에서 귀가하는 중이다. 이제 하녀 일은 하지 않아도 된다. 자리보전하던 며느리가 회복해 빨래나 청소를 할 수 있으니 오하루를 고용하지 않겠다는 것이다.

오킨 아줌마는 몹시 불만인 듯했다.

"아무리 일손이 남아돈다 해도 통근하는 하녀 한두 명 놔둔다고 탈 나진 않을 텐데. 세상에 저리 인색하다니까."

오하루는 고개를 숙이며 웃음을 참았다. 일자리가 없어진 것은 아쉽지만 그거야 뭐 다시 구하면 된다. 나는 이제 일을 제대로 할 줄 아는 어엿한 일꾼이다.

아줌마의 말보다 재미있는 사실은 아무래도 오킨 아줌마가 오하루를 소개했다는 걸 빌미로 지금까지 지주 집에서 번번이 돈을 받아 낸 듯하다는 것이다. 작별인사를 할 때 주인은 지금까지 일을 잘해 주었다며 오하루에게 약간의 돈을 주었다. 오킨 아줌마도 곁에서 주인과 이런저런 이야기를 했는데, 그 대화를 듣고서 알았다.

지주 집에서는 친척뻘인 오킨 아줌마의 요구를 매정하게 거절하기도 힘들고, 급할 때 마침맞게 하녀를 데려다 준 은혜가 있는 것은 분명하므로 꾹 참고 응해 준 모양인데, 막판인 만큼 따끔하게 불평 한 마디 던지고 싶었으리라. 그 소리를 들은 오킨 아줌마가 지금 울화통을 터뜨리고 있는 것이다.

아줌마도 재미있는 사람이네, 하고 오하루는 생각했다. 몹시 무뚝뚝한 구석이 있는가 하면 상냥한 구석도 있다. 그리고 종종 헌 옷을 가져다주고 과자도 주었는데, 그 돈의 출처가 지주 집이었던 셈이다.

"너도 헐값에 부려먹었잖니, 저 집이."

험악한 기세에 오하루는 말없이 듣고 있다가 도저히 참지 못하고 살짝 웃었다.

가을이 되자 오하루 집에 모처럼 반가운 일이 하나 생겼다. 의원의 진단이 정확한 듯, 새 처방이 효과가 있어서 아빠의 눈이 조금씩이긴 하지만 좋아지기 시작했다. 본인은 요즘 한결 좋아졌다고 말하고 있다. 자존심 강한 아빠의 입버릇이어서 곧이곧대로 받아들일 수는 없지만, 그래도 반가운 일이고 축하할 일이었다. 실력은 확실한 아빠이므로 눈만 좋아지면 일거리는 얼마든지 있을 것이다.

그날 저녁 엄마가 일을 마치고 돌아왔을 때 오하루는 엄마에게 오킨 아줌마 이야기를 했다. 아빠와 동생들이 벌써 잠자리에 들어서 조용조용 이야기했지만 아빠도 듣고 가볍게 웃었다.

"오킨 씨도 나쁜 사람은 아니지."

둘이 백탕을 마시며 이야기할 때 오하루는 엄마 머리에서 선향 냄새를 맡았다. 이 냄새는 뭐야, 라고 묻자 엄마는 머리를 만졌다.

"어머, 아직도 냄새가 나니?"

"조문 다녀왔어?"

"시간에 맞추지 못해 선향만 올리고 왔단다. 가게에 말하고 잠깐 다녀왔지."

"누가 죽었어?"

"너는 모를 거야, 이치타로 씨라는 사람인데."

오하루는 흡, 하고 숨을 삼켰다. 이치타로?

"엄마 어릴 적 친구야." 오하루의 놀란 얼굴을 알아채지 못하고 엄마는 계속했다. "나가야의 옆집에 살았지. 땜장이 아들이었어. 하지만 아버지 일을 물려받지 않고 젊을 때 비뚤어졌지."

"—야쿠자?" 하고 오하루는 겨우 물었다.

"뭐, 그런 부류야." 엄마는 희미하게 웃었다. "뭘 하는지 몰라도 한때 위세가 당당했지. 엄마도 머리빗이나 비녀 같은 걸 받은 적이 있으니까. 이치타로 씨는 집을 뛰쳐나간 뒤에도 엄마랑 오몬 씨와—오몬 아줌마는 너도 알지?"

"응, 알아." 지금도 근처에 살고 있는 엄마의 어릴 적 친구이다.

"이치타로 씨가 종종 우리를 데리고 나가 놀았지. 즐거웠어."

엄마는 그리운 듯 실눈을 떴다. "이치타로 씨는 건달 같은 사람이지만 확실한 구석도 있었거든. 내가 시집가기로 정해졌을 때는 이렇게 말했어—."

—오나카 짱은 성실한 사람한테 시집가니까 앞으로 길에서 만나도 내가 말을 건네는 일은 없을 거야. 모르는 척할게. 오나카 짱도 그리 알고 나한테 인사 같은 거 하면 안 돼.

"이치타로 씨는 그동안 내내 간다 쪽에서 살았다고 하는데, 종종 후카가와에도 건너왔으니까. 무슨 축일이나 마쓰리가 있는 날이면 길에서 만날 때도 있었어. 하지만 그럴 때도 약속대로 늘 모르는 척했지. 특히 내가 아빠랑 같이 있을 때면."

엄마는 칸막이 너머에서 자고 있는 아빠 쪽을 힐끗 살피고는 비밀 이야기를 하듯 오하루에게 얼굴을 바짝 댔다.

"사실, 엄마는 이치타로 씨를 좋아했어."

오하루는 맞장구치는 것도 잊고 엄마의 옆얼굴만 보고 있었다.

"죽었다는 거야, 그 이치타로 씨가" 하며 엄마는 계속했다. "오몬 씨가 오늘 저녁에 알려 주더라. 그래서 오몬 씨와 함께 이치타로 씨 부모님 집에 갔던 거야. 이치타로 씨는 아무한테도 부고를 내지 말라고 했다지만. 집에 가 보니 이치타로 씨 아버지는 여전히 땜장이로 일하고 있었어. 간만에 만나서 좋았어."

건강이 나빠져서 올봄부터 부모 집에 얹혀살았다는데, 의원에게 살날이 얼마 남지 않았다는 진단을 들었다고 한다.

"폐병이었대" 하고 엄마는 말했다. "젊을 때 몸을 함부로 굴렸으니까 그 대가를 치른 거겠지. 본인도 깨끗이 각오하고 있었대. 하지만 그리웠을 거야. 어릴 때 놀러 다니던 게. 정말 철없이 놀러 다녔지."

오하루는 스나무라 간척지에서 스쳐지나가다가 돌아보며 말을 걸던 이치타로의 얼굴을 떠올렸다. 그때 굳이 몇 걸음 돌아와,

—오하루 짱이니?

하고 말을 걸었었다.

"엄마" 하고 오하루가 물었다. "이치타로 씨라는 사람, 내 이름을 알고 있었어?"

엄마는 고개를 살짝 갸웃거렸다. "알고 있을지도 몰라. 몇 년 전인가—요쓰메의 봉이치^{백중맞이에 쓰는 용품을 팔기 위해 임시로 서는 시장}에서 만났을 때 너도 같이 있었으니까. 그때도 말을 걸지는 않았지만 멀리서 보고 있었지."

약속한 대로 정말 흔들림이 없었어, 라고 엄마는 말했다. 먼 데를 우러러보는 눈빛이었다.

"훌륭했지."

오하루는 작은 소리로 말했다. "이치타로 씨는 엄마를 계속 좋아했던 거네."

엄마는 웃었다. "그럴 리가 있겠니. 화려하게 살던 사람이라 주위에 예쁜 여자들이 얼마든지 많았을 텐데. 나 같은 아줌마 말고."

후우, 하고 한숨을 짓고,

"그래, 이렇게 지쳐 버린 아줌마가 무슨."

엄마의 눈이 살짝 촉촉해졌다.

죽을 날이 머지않았다는 것을 알고 있었기 때문에 이치타로는 그때까지 지키던 약속을 깨고 오하루를 돌아보며 물었을 것이다.

—엄마는 건강하시니?

엄마가 지금 이렇게 고생하고 있다는 걸 알았다면 이치타로 씨는 어떤 표정을 지었을까. 그리고 이치타로 씨가 죽기 전에 단 한 번 약속을 깨고 엄마에게—오하루에게 말을 건넸다고 말해 주면 엄마는 어떤 눈빛이 될까.

어쩌면 엄마는 정말로 울음을 터뜨릴지 모른다. 그렇게 생각하니 아무 말도 할 수 없었다. 엄마의 우는 얼굴은 보고 싶지 않다. 그걸 보면 함께 울어 버릴 테니까.

—엄마는 건강하시니?

그날 이치타로의 물음에, 네, 건강하세요, 우리 식구는 모두 행복하게 살고 있어요, 라고 대답하지 못했던 것처럼 엄마 앞에서도 입을 다물어 버렸다.

이치타로는 아지랑이 오르는 먼지투성이 스나무라 간척지 도로에 선명한 그림자를 드리우며 멀어져 갔다. 그래, 그 사람은 마지막에 이렇게 말했다.

—엄마 잘 모셔라. 부탁해, 오하루 짱.

지금은 그것만 기억해 두자. 죽어 버린 사람과 나눈 약속이므로 어길 수는 없다. 나는 그 사람의 부탁을 받았다. 그 사람이 단 한 번, 스스로 정한 약속을 깨면서까지 전하고 싶었던 부탁이었을 것이다. 그렇게 생각하기로 하자.

"왜 그러니?"

엄마가 오하루의 얼굴을 들여다보았다.

"무슨 생각이 그리 많아?"

걱정스러운 얼굴이다. 하지만 엄마 눈이 이제 젖어 있지 않은 것을 보니 마음이 놓였다.

"아무것도 아냐" 하고 오하루는 방긋 웃었다.

편집자
후　　기

해가 바뀌어 한 살 한 살 나이를 먹어갈 때마다 실감하는 게 있습니다. 기억력이 점차 감퇴된다는 사실입니다. 특히 고유명사가 떠오르지 않아 아연해지는 일이 빈번해졌습니다. 일전에도 네 명이 함께 밥을 먹는 자리에서 "아, 그 사람 이름이 뭐더라" 하는 상황에 처한 적이 있어요. 우리는 최근에 개봉한 영화에 관해 얘기하던 중이었습니다. 그런데 주연배우 이름이 좀처럼 생각나질 않는 겁니다. 자리에 있던 일행이 모두 아는 배우였는데 말이죠.

"아무개 씨랑 스캔들 났었잖아."

"그 뭐냐, 넷플릭스 드라마에도 나왔었고."

"최근에는 광고도 찍었던데."

알고 있다는 걸 머리로는 인지하지만 혀끝에서 내뱉어지지 않는 경험은 다들 해보셨을 줄 압니다. 실로 답답하기 그지없는 일이죠. 우리는 한탄+한숨을 내쉬다가 인정하고 싶지 않은 기억력

상실을 자책하며 서로를 빤히 바라본 끝에 스마트폰을 꺼내고 말았습니다. 기계 따위에 의존하지 말고 스스로 생각해 내는 훈련을 해야 말년에 고생하지 않는다는 얘기를 누가 하더라만.

한데 이와는 반대로 떠올리고 싶지 않은 기억이나 다른 사람에게는 도저히 말할 수 없는 생각 따위는 좀처럼 잊히지 않으니 신기하죠. 고유명사와 달리 이런 기억이나 생각은 제아무리 튼튼한 상자에 넣고 이중삼중으로 봉해 놓아도 나이를 먹을수록 더 생생해져 머릿속에서 홍상수 감독 스타일의 영화로도 만들 수 있을 것만 같아요. 다른 사람에게는 말할 수 없는 일화, 또는 생각. 다들 하나 정도는 가지고 계시지요?

때는 바야흐로 10년 전 여름 무렵의 일입니다. 마침 '미시마야 시리즈'의 두 번째 작품인 『안주』가 출간되었는데 '이번에는 번역 계약만 할 게 아니라 인터뷰도 해보자'고 마음먹었습니다. 어디까지나 팬으로서 만나고 싶다는 욕심이 앞섰음은 물론입니다. 하지만 이 정도 레벨의 작가 인터뷰를 일간지나 잡지사도 아니고 제가 개인적으로 만들던 《Le Zirasi》라는 이름의 '야매 장르문학 소식지'에 싣는 걸 허락해 줄까 하는 의문도 있었습니다. 한데 순순히 오케이 사인이 떨어졌어요.

저는 즉시 팀을 꾸렸습니다. 통역은 본사의 미야베 미유키 전담 번역자인 (이규원 선생과 김소연 선생 중) 김소연 선생이, 촬영은 북스피어의 공동대표인 최내현 씨가 맡았습니다. 그동안 저작권을 중계한 한국 에이전트도 동행했어요. 질문지를 만드는 내내 저는 들떠 있었습니다. 아마도 이것이 첫 번째 화근이었을 겁니다. 두 번째 화근은 작가의 사무실인 '오사와 오피스'를 못 찾아서 헤맸다는 겁니다. 약속시간은 오후 4시. 우리는 지하철역을 빠져나오자마자 정신없이 달려서 겨우 일 분 전에 도착할 수 있었습니다. 모두 땀에 흠뻑 젖은 채로 작가와 만나야 했지요. 늦을까 긴장하는 바람에 미리 체크해야 할 일도 간과하고 말았습니다. 다행히 미야베 미유키 작가는 예상보다 훨씬 더 친절하더군요. 약속된 두 시간을 훌쩍 넘겼는데도 마지막 질문이 끝날 때까지 배려해 주었습니다. 덕분에 인터뷰는 잘 마무리됐어요.

기겁할 정도로 심각한 문제가 생겼음을 알게 된 건, 예약한 숙소에서 체크인을 하고 난 후였습니다. 인터뷰 내용을 들어보려고 녹음기를 재생했는데, 이럴 수가(털썩). 아무런 소리도 들리지 않았던 겁니다. 녹음이 전혀 되어 있지 않았습니다.

그 순간의 심정을 어떻게 표현할 수 있을까요. '혼이 달아났다'는 건 이럴 때 쓰라고 만들어 둔 말이겠지요. 얼굴이 하얗게 질린 와중에도 퍼뜩 짚이는 게 있었어요. 녹음기의 마이크를 MIC가 아니라 EAR에 꽂은 채로 대화를 주고받았던 겁니다. 저는 일행에게 자초지종을 설명했습니다. 다들 얼마간 아무런 말이 없더군요. 호텔 창밖으로 어둑어둑해진 하늘이 보였습니다. 주변의 공기는 무겁게 가라앉고 말았지요.

들뜨지 않았더라면. 돈이 들더라도 택시를 탔더라면. 여유 있게 도착해서 녹음기를 점검했더라면. 제 머릿속에서는 만약의 게

임이 이어졌습니다. 그때 최내현 씨가 "이렇게 해보면 어때요" 하고 입을 열었습니다. 인터뷰 당시의 상황을 그대로 재연해 보자는 겁니다. 자기도 기자 생활을 할 때 정치인 인터뷰 녹음 파일을 몇 번인가 날렸는데 이게 효과가 있었다면서.

그의 지시에 따라 우리는 인터뷰할 때와 같은 방위에 자리를 잡고 앉았습니다. 통역자는 작가 바로 옆 자리에, 나는 작가와 마주보는 자리에, 에이전트는 내 뒷자리에, 임무가 사라진 촬영자가 이번에는 미야베 미유키 작가의 자리에 앉았지요. 그러고는 아까와 똑같이 순서대로 질문을 시작했습니다. 다들 일본어에 능해서 머리를 맞대고 기억을 더듬으니 답변이 슬금슬금 떠오르더군요. 틈틈이 해두었던 메모는 크게 도움이 되었습니다. 네 시간여를 고투한 끝에 우리는 가까스로 퍼즐의 마지막 조각까지 다 끼워 맞출 수 있었어요. 그것은 참으로 소중한 체험이었으나, 창피해서 다른 사람에게는 도저히 말할 수 없는 기억이기도 했습니다.

왜 이런 얘기를 꺼냈느냐면 이 작품집 『인내상자』가 '다른 사람에게는 말할 수 없는 비밀'을 마음속에 단단히 봉인해 두고 살아가는 이들에 관한 소설이기 때문입니다. 저의 일화는 희극이지만, 미야베 미유키 작가가 들려주는 이야기는 비극이네요. 슬프고 애틋합니다. 아울러 '정말 무섭다'고 생각했어요. 왜 무섭다고 느꼈는지 여기에 짧게 적어볼 텐데, 스포일러가 가득 들어가 있으니 아직 본문을 읽지 않은 형제자매님이라면 패스해 주세요.

그럼 시작해 볼까요. 좀 전에 제가 '말할 수 없는 비밀'이라고 말씀드렸지요. 가령 「유괴」에는 재미있는 말을 하는 조숙하고 별난 아이가 등장합니다. 고이치로라는 이름의 이 아이를 처음 마주했을 때 문득 기시감이 들었어요. 미노키치와 대화를 나누는 이 장면에서 말이죠──.

"도련님 혼자 오셨어요?"

"네."

"무슨 일로요?"

"말했잖아요." 아이는 작은 이를 보이며 웃었다. "아까 말했죠, 나를 납치해 달라고."

"납치라면…… 집까지 데려다 달라는 건가요?"

길을 잃어 혼자서는 돌아가지 못하게 된 걸까.

"아니. 아저씨, 몰라요?" 아이는 초조한지 발을 동동 굴렀다. "납치하는 거. 유괴하는 거 말예요."

아니, 미노키치도 납치가 무엇을 말하는지는 안다. 알지만 이 아이가 그 말을 뭔가 다른 의미로 알고 있는 것은 아닐까 생각했던 것이다.

"제가?" 미노키치는 제 코를 가리켰다.

"네."

"도련님을?" 하고 아이를 가리킨다.

"맞아요."

"납치를 한다. 안아준다거나 업어주는 게 아니고?"

"네, 납치하는 거. 그래서 아버지한테 돈을 받아냈으면 좋겠
어요."

"돈을!"

"백 냥. 백 냥을 내놓지 않으면 나를 돌려보내지 않겠다고
말하는 거예요."

그러고 보니 미야베 미유키의 작품 중에서 재미있는 말을 하는
별난 아이가 등장했던 이야기가 있었는데…… 하다가 떠올렸습니
다. 이건 마치 『얼간이』에서 무사 헤이시로와 유미노스케가 만나
는 장면을 연상시키지 않습니까. 『얼간이』가 『인내상자』보다 나중
에 쓰인 소설이니까 어쩌면 이 아이가 훗날 유미노스케라는 캐릭
터로 만들어진 게 아닐까 싶은데 말이죠. 그래서 오랜만에 헤이
시로와 유미노스케가 처음 만나는 장면을 찾아보았습니다.

부엌에서 또 웃음소리가 터졌다. 헤이시로는 곁눈으로 아내
를 쳐다보았다. 그녀는 방긋 웃으며 남편의 눈길을 받아넘긴
다.

"왜 저렇게들 웃지?"

"유미노스케가 하는 말이 다 재미있거든요."

"사내 녀석이 수다스러운 모양이군."

"어머, 그건 아녜요. 지금 당장 데려다가 인사시킬게요."

(중략)

"측량이라…… 땅 넓이를 재서 뭘 하려고?"

"평면도나 상세도나 지도 같은 것을 만드는 겁니다, 숙부."

"너도 상세도나 지도를 만드는 일을 돕고 있느냐?"

"예."

"그게 어디에 도움이 되는지 아느냐?"

"그건 모르겠는데요. 하지만 숙부, 세상을 측량하는 것은 정 말 재미있는 일입니다. 측정해 보면 이것과 저것의 거리를 알 수 있습니다."

"거리를 알아서…… 뭐하게?"

"만물의 생김새를 알 수 있죠. 사사키 선생님이 그렇게 말씀 하셨어요. 어쨌든 세상에는 사람이 측정 못할 것은 없다, 측정 을 해야 이 막연한 세상을 정확히 이해할 수 있고 자기가 알고 있는 주변의 작은 지역뿐만 아니라 천하의 모양까지도 상상할 수 있게 되는 거라고 하셨어요."

"너도 참 별난 녀석이구나."

"예, 지금은 그렇죠. 우리는 아주 별난 놈들일 뿐이라고 사 사키 선생님도 말씀하셨거든요."

이렇듯 유미노스케를 닮은 별난 아이 고이치로가 자신을 유괴 해 달라는 기이한 제안을 하자 미노키치는 생각합니다. 왜 이런 얘기를 하는 걸까. 그리고 고이치로가 들려준 이야기에서 추론하여 고이치로의 아버지가 고용인을 상대로 비열한 짓을 하고 있음을, 은밀한 돈놀이로 재산을 불리고 있다는 걸 알게 되지요. '안주인은 이걸 알고 있을까, 요리점이라면 안주인의 힘이 다른 업종보다 절대적으로 강하니까 알면서 잠자코 있을' 성싶지 않아 자신의 짐작을 슬쩍 흘려보지만 "그이는 안 돼요. 아이를 좋아하지 않습니다. 자기 일에만 빠져 있어요"라는 대답이 돌아옵니다. 즉, 오스에는 남편의 '비리'를 눈치챘지만, 아이가 아버지 곁으로 가지 못하도록 단속만 할 뿐 차마 다른 사람에게는 말할 수 없어 마음속에 숨겨두고 있었던 것입니다. 이 점은 범행이 탄로 난 남편이 귀양을 가게 되었는데도 "오스에는 뜻밖에 후련해 하는 모습"을 보였음에서 확인할 수 있습니다. 결국 미노키치는 고이치로와 오스에를 구했지만 집안은 망했으므로, "미노키치가 고이치로를 만날 수는 없었다, 그리하여 (고이치로가 따르던 하녀) 오시나가 잘했다는 종이접기를 종종 해 보곤 한다"는 대목에 이르면 역시 쓸쓸함이 느껴지지요.

「도피」에서는 요리사 가스케의 호위무사 역으로 고자카이 마타시로가 등장합니다. 평소 나가야의 주민들과 격의 없이 인사하고 우산에 종이 바르는 일로 생계를 꾸려가는, 아무래도 한물간 듯 보이는 사무라이죠. 하지만 뜻밖의 사건을 해결하는 통에 밝혀진 정체는 에도 번저의 고위직으로 유능한 장수였던 겁니다. 자신이 모시는 주군으로부터 불미스러운 시샘을 당한 끝에 탈번하여 낭인이 된 고자카이의 마음속에도 역시 다른 사람에게는 말하기 힘든 슬픈 생각이 숨어 있지요.

한편 혼조 일대를 휩쓴 대화재로 부모와 동생을 한꺼번에 잃은 후키가 고용살이를 하러 들어간 쌀가게 오하라야는 망해 가는 중입니다. 마치 태풍을 만난 선박처럼 일하던 점원들도 하나둘 그만두고, 당장 갈 데 없는 이들만이 남아 꾸려가고 있지요. 쌀가게 창고에 생긴 벌레가 해골 같은 얼굴을 하고 있더라는 얘기를 들은 그날, 후키는 한밤중의 변소에서 '새하얀 어떤 것'과 맞닥뜨립니다. 이 새하얀 것의 정체는 과연 무엇일까. 두려움과 함께 궁금함을 느끼던 후키에게 날아든 말은 "보름 다음날, 즉 십육야에 오하라야가 천벌을 받을 것"이라는 이야기였습니다. 오래전 오하라야의 초대 당주가 재산을 일구기 위해 사람을 죽였기 때문에 이어지고 있다는 것입니다. 초대 당주는 사람을 죽였기 때문에 저주를 받아 죽임을 당한 것이지요. 한데 현 당주는 왜 자살했을까요. 왜 십육야 달을 올려다보며 불길 속으로 뛰어 들었을까요. 그저 선대로부터 내려온 저주가 이어져서? 아니, 제 생각에 그것은 현 당주가 하녀 오미치와 정을 통했기 때문인 듯싶습니다. 그가 불길 속으로 뛰어들려는 찰나 "뒤쪽 집안에서 갑자기 여자의 커다란 울음소리가 터졌다. 돌아볼 것도 없이 오미치임을 알 수 있었다. '주인님, 저도—.' 그다음 말은 화르르 타오르는 화염에 지워져 들리지 않았다. 그런데 안주인은 어디 있을까"라는 대목을 보면 아무래도 두 사람이 공모하여 아내를 살해했던 것 같고, 이러한 가정이 맞다면 후키가 맞닥뜨린 '새하얀 어떤 것'은 죽은 아내의 혼일 텐데 안주인이 사라진 시점이 명확하진 않습니다. 어쨌거나 후키가 일말의 의심을 가슴에 품고 있음을 엿볼 수 있는 장면("근데 오사토 씨. 이상한 얘기지만, 제가 생각해 본 건데요." "뭔데'?" "오미치 씨와 수인님은—.")이 잠깐 능장하는데 역시 말하지 못하고 묻어 버리지요.

「무덤까지」는 어느 참배객의 아기를 훔쳤다가 숨지게 한 부부가, 부모를 잃어버리거나 집에서 도망쳐 나와 갈 곳이 없는 아이들을 자기 자식처럼 키운다는 이야기답게 말할 수 없는 비밀을 간직한 인물이 여럿 등장합니다. "이것만은 아무한테도 말할 수 없다. 말해 버리면 소중한 것이 망가져 버린다. 내가 앞으로도 절대로 말하지 않게 해 주세요"라는 대목에서는 누구라도 조마조마해질 수밖에 없지요. 그 뒤로 이어지는 「음모」에도 「저울」에도 「스나무라 간척지」에도 모두 '말할 수 없는 비밀'을 간직한 인물들이 나오지만, 다시금 찬찬히 읽으며 찾아볼 형제자매님들의 즐거움을 위해 굳이 말하지 않고 남겨두도록 하겠습니다.

제가 정작 말하고 싶었던 것은 표제작 「인내상자」에 대해서입니다. 이 작품, 다들 어떠셨나요. 맨 처음 이 작품을 읽었을 때 솔직히 저는 다소 시시하다고 느꼈습니다. 대관절 상자 안에 무엇이 있는지, 하녀 오슈가 왜 갑자기 폭주했는지, 마지막에 오코마는 어째서 스스로 불을 냈는지 도무지 이해할 수 없는 구석이 한둘이 아니었기 때문입니다. 다량의 '미회수 떡밥'을 남겨둔 채 이야기가 그대로 끝나 버리지요. 잠시 어리둥절한 기분이 들었습니다. 이 작품집에 실린 다른 단편들을 마주하기 전, 그러니까 「인내상자」만 읽었을 때는 작가의 역량을 의심했을 정도예요.

미야베 미유키는 1960년 도쿄의 변두리인 고토 구, 예전 혼조 후카가와 지역에서 태어났습니다. 가족은 부모와 언니뿐이었지만, 어려서부터 외가 쪽 식구들과 함께 살아서 집 안에는 항상 식구가 많았다고 해요. 또 이웃끼리의 왕래도 잦았던 탓에 어릴 때부터 많은 사람들과 어울려 지내며 자란 것이 작가 생활을 함에 있어 인간의 세부적인 심리를 묘사하는 데 도움이 됐을 거라고 말한 적이 있어요. 소설을 쓰기 전에는 고등학교를 나와 평범하게 직장 생활을 했습니다. 속기사로 일하다가 법률 사무실로 자리를 옮겼는데 이때 강연회나 판례, 연설 등의 녹취록을 문자로 바꾸면서 다른 사람들에게 자신의 생각을 전하는 것에 흥미를 느꼈다고 해요. 개업한 지 얼마 되지 않은 젊은 변호사의 어시스턴트를 맡은 관계로 일이 많지 않아서 남아도는 시간에는 미스터리 소설을 잔뜩 읽을 수 있었답니다. 그러던 중 우연히 창작 강의를 수강하게 되죠. 고단샤 페이머스 스쿨즈 안에 설립된 소설 교실이었습니다. 강사는 주로 현직 소설가들이었지만 고단샤의 편집자들도 집필에 필요한 이런저런 실무 강의를 해주어서 도움이 되었던 모양이에요. 이곳에서 기초를 다지며 세 번의 투고 끝에 「우리 이웃의 범죄」로 올 요미모노 추리소설 신인상을 받는데, 그의 나이 스물일곱 살의 일입니다.

1989년에는 『마술은 속삭인다』로 일본 추리 서스펜스 대상을 받으며 "전후 엔터테인먼트 문학계에 느닷없이 나타난 귀재", "무엇을 써도 걸작을 만들어 내는 터무니없는 작가"라는 찬사를 듣기도 하죠. 이후로 혼조의 일곱 가지 불가사의를 다루어 요시카와 에이지 문학상을 받으며 일찌감치 시대소설 작가로서 자리매김하게 만든 작품 『혼조 후카가와의 기이한 이야기』를 발표한 게 1991년, 신용카드 사용자의 증가와 함께 커다란 사회 문제가 되었던 도요타 상사사건(현물모조수법을 통한 신용사기를 저질러 그 피해자 수가 수만 명에 이르고 피해액은 2000억 엔에 달하는 거대 사기사건)에서 얻은 모티브를 통찰력 있게 풀어간 大걸작 『화차』를 발표한 게 1992년으로, 합리적인 해결과 초자연지향을 절묘하게 조합하는 데 이미 경지에 이른 미야베 미유키였으니 1996년에 출간된 『인내상자』를 두고 '역량의 문제'를 거론하는 건 마땅치 않은 듯합니다. 근본적인 역량의 문제가 아니라면 단편 「인내상자」에 국한된 작법상의 미스였을까요. 아니, 작법상의 미스라고 판단했다면 이 작품집을 통틀어 가장 '시시한 이야기'를 표제작으로 삼고 제일 앞단에 배치했을 리 없습니다. 작가의 판단이 아니더라도 편집 과정에서 제외되었을 거예요.

미야베 미유키는 복선을 구사하는 데 능한 작가입니다. 처음에는 몰랐는데, 두 번째, 혹은 세 번째 읽을 때 '아아 이게 그런 뜻이었구나' 하고 느끼는 경우가 많지요. 저는 편집자로서 같은 작품을 적게는 두세 번, 많게는 대여섯 번씩 읽기 때문에 자주 경험합니다. 도무지 이해할 수 없어 찜찜한 채로 지나쳤는데 몇 번이나 재독하는 사이에 굳게 잠겨 있던 열쇠가 철커덕 하고 열리듯 이해가 되는 순간이 있어요. 다른 작품에 비하면 단편 「인내상자」는 작가가 '이야기하지 않은 텍스트'의 의미를 알아차리는 데 시간이 오래 걸렸습니다. 그렇더라도 뭐 대단한 걸 발견한 건 아니고 어디까지나 저의 '뇌피셜'이라 조심스럽긴 하지만 이 작품을 이해하는 데 일말의 도움이 될 수도 있으니 작가가 던진 '떡밥'에 대해 나름대로 해석해 보도록 하겠습니다.

단편 「인내상자」를 제가 시시하게 느꼈던 까닭은 '인내상자'(원서의 제목은 '간닌바코')의 '간닌'이 가지는 단어의 맛을 제대로 음미하지 못했기 때문일 겁니다. 마치 영화 〈기생충〉에서 '짜파구리'(짜파게티+너구리)라는 대사를 들으며 한국인이 떠올리는 심상을 미국인이 알 수 없는 것과 마찬가지라고 할까. 번역자 달시 파켓이 '람동'(라면+우동)으로 훌륭하게 옮겨 전 세계 영화팬들로부터 극찬을 받았지만 저에게는 '람동'이 생소한 것과 비슷하다고 할 수 있겠지요.

'간닌'에는 (1) 참고 견딤, (2) 화를 참고 용서함, 이라는 두 가지 의미가 있는데 각각의 등장인물들이 말하는 '간닌'을 어떻게 해석하느냐에 따라 작품의 의미가 완전히 달라집니다. 이 점에 주목하며 이야기를 찬찬히 들여다볼까요. 어느 날 갑자기 과자점 오미야에 일어난 화재와, 어느 날 갑자기 급사한 아버지와의 빈약한 추억에 '인내상자'가 있음을 알게 된 오코마는 다음과 같은 기억을 떠올립니다.

아버지가 숨지기 직전이었다. 당장이라도 비가 쏟아질 듯한 무더운 날, 오코마는 밖에 나가지 못하고 복도에서 공을 굴리며 놀고 있었다. 데굴데굴 구르는 공을 쫓아 불단 앞으로 갔는데 열려 있던 장지 사이로 아버지가 중얼거리는 목소리가 들렸다.
—참자, 참자원문은 '간닌, 간닌'.

번역해 놓았다시피 이때의 '간닌'은 (1) 참고 견딤, 이라는 뜻입니다. 그렇다면 오코마의 아버지는 대체 무엇을 참자고 중얼거린 걸까요. 혹시 자신의 아버지 세이베에와 아내 오쓰타의 밀회에 대해 알게 되어 괴롭지만 이를 악물고 참은 거라면. 그렇게 해석하면 어떻습니까. 이 작품이 주는 긴장감은 단숨에 높아지지요. 하녀 오슈가 제기한 '허무맹랑해 보이던' 의혹이 상당한 신빙성을 가지기 때문입니다. 더군다나 오슈는 난동을 부리던 끝에 오코마를 비롯하여 모여든 이들에게 이러한 증언을 합니다.

"그래. 그래서 그날 밤 드디어 찾았던 거야. 마님이—," 이런 상황에도 죽은 듯 잠든 채 깨어나지 않는 오쓰타를 내려다본 뒤 말을 이었다.
"불단 앞에서 까만 옻칠 상자를 꺼내어 남이 볼까 숨기듯이

안고서 '용서해 주세요, 용서하세요'_{원문은 '간닌시테 구다사이, 간닌네'}라
고 말하는 것을."

이 대목에서 오코마의 엄마가 말한 '간닌'은 (2)˚ 화를 참고 용서
함, 이라는 뜻입니다. 즉 오코마의 엄마 오쓰타가 인내상자를 꺼
내어 남이 볼까 숨기듯이 안고서 "용서해 주세요, (부디 화를 참
고) 용서하세요"라며, 식중독으로 급사한 듯 보이는 남편, 혹은
신에게 용서를 빌고 있는 것이지요. 자신(과 시아버지)이 남편을
독살했으니까요.

아버지 세이베에의 '간닌, 간닌'을 거쳐 어머니 오쓰타의 '간닌
시테네'에 다다르는 동안 오코마가 가슴속에 묻어둔 '도저히 다른
사람에게 말할 수 없는 의혹'은 점점 증폭되어 종래에는 핵폭탄급
확신으로 변하고 맙니다. 그 여파는 마지막 장면에서 이렇게 전
개되죠.

오코마는 인내상자를 다다미에 내려놓았다. 그곳에서 시선
을 떼지 않은 채 한손을 뻗어 사방등 테두리를 잡았다.
—열지는 않을게요.
속으로 그렇게 말하며 오코마는 천천히 사방등을 밀었다.
자빠진 사방등에서 점점 커지는 불길을 바라보며 인내상자를
무릎 위에 놓았다.
참자, 용서하세요_(원문은 '간닌, 간닌시테네').

이 대목에서 오코마는 왜 스스로 사방등을 밀어 불을 냄으로써 '자살'하려고 했던 걸까요. 위에 나온 '간닌'과 '간닌시테네'를 해석해 보면 유추할 수 있습니다. 왜냐면, 자신이 '아버지와 어머니의 자식'이 아니라, '할아버지와 어머니의 자식'이라는 확신이 들었기 때문이겠죠. 이미 할아버지도, 아버지도, 어머니도, 하인들도 실은 출생의 비밀을 암암리에 알고 있었음을 깨달은 자신이 선택할 수 있는 길은 '죽음'뿐이라고 오코마는 생각했던 겁니다.

아버지가 오코마의 꿈에까지 나타나 "오코마, 열어 보면 안 돼. 그걸 열면 이 아버지처럼 지옥에 떨어진다. 절대로 열어 보지 마"라고 말하는 장면은 흡사, 박찬욱 감독의 영화 〈올드보이〉에서 출생의 비밀이 담긴 상자를 앞에 둔 미도(강혜정)에게 오대수(최민식)가 "안 돼! 안 돼, 절대 열지 마! 그거 열면 큰일 나. 손도 대지 마 알았지? 조금만 기다려, 아저씨가, 아저씨가, 내가, 내가, 금방 갈 테니까 조금만 참어, 응? 우리 미도, 잘 참을 수 있지, 그지?"라고 소리치는 장면을 연상시키죠. 대가들끼리는 서로 통하는 구석이 있는 모양입니다. 그렇다면 마지막의 '간닌, 간닌시테네'는 무슨 뜻일까요. 제 생각에는…… 아니아니, 정답은 없습니다. 앞서 적은 해석도 여러 가능성 중 하나일 뿐입니다.

「인내상자」는 이렇게도 해석해 볼 수 있습니다. '인내상자'를 대하는 아버지와 어머니의 근본적인 차이는, 아버지는 상자를 앞에 두고 열지 않기 위해 '참자. 참자'고 자신을 타이르는 반면, 어머니는 상자에 대고 '용서해 달라'고 빌고 있다는 점입니다. 「인내상자」는 열면 재앙이 내리는 전형적인 금기에 해당합니다. 금기 담은 대체로 금기가 형성된 원인이나 벌이 내리는 논리가 중요하기보다는, 금기를 어김으로써 천벌을 받는 구조가 이야기의 중심이 됩니다. 이 작품에 등장하는 '옻칠한 상자' 역시 금기를 어기지 않는 동안만큼은 천벌을 억지하고 유예하는 도구로서, 그 안에 무엇이 들었는지는 중요하지 않습니다.

그런데 아마도 아버지가 어느날 이 상자를 열어 버리고 만 것 같습니다. 그로 인해 아버지 몫으로 내린 천벌은 원인불명의 급사였습니다. 그런데 '인내상자'는 가문에 전해져 내려오는 것, 천벌 역시 가문에 내리는 것입니다. 어머니는 이 사실을 알고 있었기 때문에 오미야에 더 이상의 천벌은 내리지 말아 달라고 상자 앞에서 빕니다. 금기는 이미 깨졌지만 '용서해 주세요'라고요. 그런 간절한 빎에도 아랑곳하지 않고 다시 오미야는 천벌을 받지요. 하녀 오슈가 낸 화재라는 모습으로 말입니다. 오슈의 오해는 하필이면 '인내상자(간닌바코)'의 발음이 "용서해 주세요(간닌시테네)"와 같다는 점 때문에 더욱 기묘합니다. 인간의 손을 빌어 일어난 화재임에도 불가사의하게 '인내상자'가 관여하고 있어요. 천벌을 내리지 말아달라고 비는 행위가 천벌을 불러왔다는 사실이 서글픈 아이러니를 자아내는 것이지요. 그리고 천벌은 오미야의 마지막 가주가 죽어 대가 끊기기 전까지 이어져야 하기 때문에 오코마는 작품의 마지막 장면을 향해 갑니다.

어쨌거나 오코마의 자살을 암시하며 단편 「인내상자」는 끝납니다. 인내상자에 무엇이 들어 있는지 밝혀지지 않은 채 말이죠. 처음에는 맥거핀인가 싶었는데, 작품집을 끝까지 여러 번 읽고 나니 생각이 바뀌더군요.

상자 안에 들어 있는 건 '비밀'이 아닐까요. 「인내상자」, 「유괴」, 「도피」, 「십육야 해골」, 「무덤까지」, 「음모」, 「저울」, 「스나무라 간척지」에 등장하는 이들이 '다른 사람에게는 말할 수 없어 끝끝내 가슴 속에 묻어둔 비밀' 그 자체가 담겨 있다면. 그렇게 생각하면 인내상자는 열리지 않은 게 아니라, 닫혀 있다가 독자들이 단편 「인내상자」의 마지막 페이지를 넘기는 순간 그다음 이야기를 보여줌으로써 결국 열린 셈이 되는 것이지요. 이런 포석으로 작가는 단편 「인내상자」를 제일 앞단에 배치했을 겁니다. 작품집 전체를 꿰뚫는 표제작이니까요.

위에서 말한 이런저런 점들을 깨닫고 나서 재차 단편 「인내상자」를 읽으며 저는 생각했습니다. 처음 읽을 때는 이상해서 고개가 갸웃거려졌지만 앞뒤 문맥을 꿰어 맞춰 보니 전혀 이상하지 않을뿐더러 무척 뛰어난, 아아 이건 그야말로 미야베 미유키의 에센스가 응축된 작품이구나 하고 말이죠. 이토록 짧은 이야기에, 아니 짧았기 때문에 더더욱, 여운이 오싹하게 밀려오지 않았나 싶어요. 미야베 미유키의 장편을 통틀어 가장 귀여운 귀신들이 단체로 출동하는 소설 『메롱』에 이런 구절이 있습니다. "누구에게나 숨기는 일이 한두 가지는 있는 법이고, 두 가지가 있으면 세 가지가 있어도 이상하지 않아. 세 가지가 있으면 더 많이 있어도 이상하지 않다는 뜻이지. 자, 오린 너는 이제 그만 자렴. 내가 여기에 있으면 아무리 무더워도 시원하게 잘 수 있을 테니 부채는 필요 없을 거야. 뭣하면 자장가도 한 소절 들려주마."

이 대사를 살짝 인용해서 이렇게 얘기하고 싶네요. 미야베 미유키의 소설이 있으면 아무리 무더워도 시원하게 잘 수 있으니 부채는 필요 없지, 라고.

여기까지 읽은 형제자매님들의 마음도 저와 비슷하셨기를. 그래서 '이제부터 앞으로 돌아가 본문을 한 번 더 읽어봐야지'라고 생각하셨기를 바라마지 않겠습니다. 다시금 말씀드리지만 '해석은 자유'입니다.

이상,
깜짝 놀랄 만한 작품을 읽고 흥이 나서
오랜만에 길고 긴 편집자 후기를 읊조려 본,

삼송 김 사장 드림.

덧)

아울러 오랜 시간에 걸쳐 에도 시리즈를 애정해 준 형제자매님들에게 감사드리며, 이제 막 입문하여 "대관절 미야베 미유키의 시대물은 뭐부터 읽어야 할지 모르겠나"는 분들을 위해 출산 시기와 상관없이 따라 읽으면 좋을 시대물의 '가급적 이런 순서로 읽어주세요'를 적어 보았습니다. 각 작품에 대한 보다 자세한 설명과 『인내상자』에 대한 이런저런 이야기는 북스피어 블로그 (https://blog.naver.com/hongminkkk)에 올려두었습니다.

오하쓰 시리즈

01) 말하는 검──보통 사람에겐 보이지 않는 것을 느끼는,

02) 흔들리는 바위──신비한 힘을 가진 소녀 오하쓰가,

03) 미인──기이한 사건의 진상을 파헤치는 미스터리.

유미노스케 시리즈

04) 얼간이──누구를 좋아하고 싫어하는 감정에서 생긴,

05) 하루살이──말썽을 해결하는 얼간이 무사 헤이시로와,

06) 진상──천재 미소년 유미노스케 콤비의 사건 해결집.

미시마야 시리즈

07) 흑백──'우리는 왜 사랑과 인간관계에서

08) 안주──상처를 입고 또 상처를 주는가'

09) 피리술사──라는 운명철학적 질문을

10) 삼귀──괴담이라는 소재로 증폭시켜,

11) 금빛 눈의 고양이──단숨에 완성한 이야기로

12) 눈물점──작가 미야베 미유키가 자신의 '라이프워크'

13) 영혼통행증──즉 필생의 과업으로 삼은 시리즈!

기타기타 시리즈

14) 기타기타 사건부──수수께끼와 괴담을 쫓는 문고상의 활약

15) 자오선(2022년 가을 출간예정)

바쁠 때 잠깐씩 읽으면 좋은 작품집

16) 인내상자──결코 열어서는 안 되는 상자에 얽힌 이야기.

17) 신이 없는 달──달력의 열두 달에 얽힌 열두 편의 기담.

18) 혼조 후카가와의 기이한 이야기──일곱 가지 불가사의.

19) 맏물 이야기──사건의 실마리를 요리에 숨겨놓은 소설.

20) 괴이──귀신보다 무서운 것은 인간임을 알려주는 이야기.

21) 그림자밟기──현대에서도 볼 수 있는 애틋한 사연들.

긴긴 밤에 읽으면 좋은 장편소설

22) 메롱──인간미 넘치는 다섯 귀신들의 한바탕 소동극.

23) 괴수전──봉준호의 〈괴물〉에서 힌트를 얻은 괴수 대활극.

24) 외딴집──미야베 미유키 에도 시대물의 끝판왕.

인내상자
초판 2쇄 발행 2022년 8월 1일

지은이   미야베 미유키
옮긴이   이규원

　　　발행편집인   김홍민 · 최내현
　　　편집   조미희
　　　표지디자인   이혜경디자인
　　　마케터   마리
　　　용지   한승
　　　출력   블루엔
　　　인쇄 · 제본   대원문화사

펴낸곳   도서출판 북스피어
출판등록   2005년 6월 18일 제105-90-91700호
주소   (10595) 경기도 고양시 덕양구 동송로 23-28 305동 2201호
전화   02) 518-0427
팩스   02) 701-0428
홈페이지   https://blog.naver.com/hongminkkk
전자우편   editor@booksfear.com

　　　ISBN 979-11-92313-04-7 (04830)
　　　ISBN 978-89-91931-29-9 (SET)